这里是人间的哪里

2015典藏诗歌

THE EXCELLENT
CHINESE LITERATURE

中 国 好 文 学

总主编 ● 李敬泽　　主编 ● 张清华

江苏凤凰文艺出版社

图书在版编目（CIP）数据

这里是人间的哪里 / 张清华编. — 南京：江苏凤凰文艺出版社，2016
（中国好文学）
ISBN 978-7-5399-9538-0

Ⅰ.①这… Ⅱ.①张… Ⅲ.①诗集－中国－当代 Ⅳ.①I227

中国版本图书馆 CIP 数据核字(2016)第 175630 号

书　　　名	这里是人间的哪里
编　　　者	张清华
责 任 编 辑	王一冰
出 版 发 行	凤凰出版传媒股份有限公司
	江苏凤凰文艺出版社
出版社地址	南京市中央路 165 号，邮编：210009
出版社网址	http://www.jswenyi.com
经　　　销	凤凰出版传媒股份有限公司
印　　　刷	江苏凤凰通达印刷有限公司
开　　　本	880×1230 毫米 1/32
印　　　张	12.5
字　　　数	250 千字
版　　　次	2016 年 9 月第 1 版　2016 年 9 月第 1 次印刷
标 准 书 号	ISBN 978-7-5399-9538-0
定　　　价	32.00 元

（江苏凤凰文艺版图书凡印刷、装订错误可随时向承印厂调换）

目 录

序 ……………………………………………… 张清华　1

阿顿·华多太(两首) ……………………………………… 1
阿九(三首) ……………………………………………… 5
阿毛(四首) ……………………………………………… 9
阿未(三首) ……………………………………………… 12
阿翔(两首) ……………………………………………… 15
安琪(三首) ……………………………………………… 18
柏桦(三首) ……………………………………………… 20
曹有云(三首) …………………………………………… 23
长征(三首) ……………………………………………… 26
车延高(四首) …………………………………………… 29
陈舸(四首) ……………………………………………… 32
陈先发(三首) …………………………………………… 36
迟云(三首) ……………………………………………… 40
楚荷子(三首) …………………………………………… 43
大解(八首) ……………………………………………… 46
大卫(五首) ……………………………………………… 53
道辉(六首) ……………………………………………… 57
灯灯(六首) ……………………………………………… 64
多多(七首) ……………………………………………… 68
朵渔(四首) ……………………………………………… 73

发星(四首)	76
冯娜(三首)	78
冯晏(一首)	80
扶桑(三首)	83
高璨(两首)	85
高彦平(四首)	88
戈多(四首)	91
耿占春(四首)	94
谷禾(五首)	98
古筝(两首)	103
广子(三首)	105
海岸(三首)	107
韩东(四首)	110
寒烟(四首)	114
红布条儿(三首)	117
侯马(两首)	119
胡茗茗(四首)	121
华清(四首)	124
黄灿然(三首)	128
黄梵(四首)	130
黄纪云(四首)	133
蒋蓝(四首)	137
江离(两首)	140
金铃子(四首)	142
孔臼(两首)	145
李拜天(三首)	147
李成恩(两首)	149
李琦(两首)	151
李少君(四首)	154
李瑛(四首)	157

李云(三首) ········· 160
李云枫(五首) ········· 163
离离(三首) ········· 167
梁平(三首) ········· 170
梁文昆(三首) ········· 173
梁雪波(四首) ········· 175
林之云(五首) ········· 179
刘川(五首) ········· 183
罗至(四首) ········· 186
吕德安(四首) ········· 189
马铃薯兄弟(四首) ········· 192
马启代(三首) ········· 195
马新朝(三首) ········· 198
马永波(三首) ········· 201
梅依然(两首) ········· 203
慕白(两首) ········· 205
娜夜(三首) ········· 207
南南千雪(两首) ········· 210
南野(三首) ········· 212
宁明(三首) ········· 214
庞培(三首) ········· 216
彭敏(两首) ········· 218
普冬(三首) ········· 220
沈苇(四首) ········· 223
施施然(三首) ········· 227
苏若兮(四首) ········· 229
苏浅(四首) ········· 232
孙磊(四首) ········· 234
谭畅(四首) ········· 237
谭克修(三首) ········· 240

唐果(三首)	243
汤养宗(四首)	246
田湘(三首)	249
田原(三首)	251
瓦当(三首)	254
王东东(两首)	257
微紫(三首)	260
卧夫(三首)	262
梧桐雨梦(三首)	265
西川(五首)	268
西娃(四首)	272
晓川(三首)	276
潇潇(四首)	279
辛泊平(四首)	282
徐江(三首)	285
轩辕轼轲(六首)	288
雪松(五首)	293
三色堇(四首)	296
亚楠(两首)	299
严彬(五首)	301
严力(四首)	305
杨克(两首)	307
杨庆祥(三首)	310
杨小滨(五首)	313
杨政(两首)	318
夭夭(三首)	320
野梵(一首)	323
叶世斌(三首)	325
叶舟(三首)	328
伊甸(四首)	331

于坚(四首) …………………………………………… 334
于明诠(三首) ………………………………………… 338
玉上烟(两首) ………………………………………… 341
余怒(三首) …………………………………………… 344
余笑忠(四首) ………………………………………… 346
余秀华(五首) ………………………………………… 349
雨田(三首) …………………………………………… 353
远人(三首) …………………………………………… 356
臧棣(三首) …………………………………………… 359
曾宏(三首) …………………………………………… 362
扎西才让(三首) ……………………………………… 365
张陆(两首) …………………………………………… 368
张执浩(三首) ………………………………………… 370
张作梗(两首) ………………………………………… 372
赵旭如(四首) ………………………………………… 374
周庆荣(六章) ………………………………………… 377
子川(三首) …………………………………………… 380
子梵梅(三首) ………………………………………… 383
邹赴晓(两首) ………………………………………… 386

序

张清华

编就这本年选诗集,与以往一样,是持久的一种无言。仿佛一个吃饱的人,打着嗝,脑子却一片空白,想不起说什么,只记得饕餮时的兴奋,无暇顾及其他的吃相和一种脑满肠肥的满足感。

汉语新诗即将迎来一百年。如果从胡适的《尝试集》中最早的《蝴蝶》等落款"五年某月某日"的几首算起,今年就是一百年了。一百年中,虽然我们的地球和自然如同开篇所选的一位藏族诗人诗中所写,已被改造和破坏得面目全非,但我们的新诗却经历了从稚嫩到丰富、自偏狭至宽广、从粗疏到细密、由简单到复杂的过程,这种前所未见的丰富和复杂,宽广和细密,从这部诗集中就可以看出。如今连我们少数族裔的汉语写作者也可以操持着复杂的汉语,书写出具有这样时代自省和世界视野的诗篇。让我举出开篇阿顿·华多太的《城市与魔鬼》中的诗句:"在城市里,人们容易被魔鬼猎获/那些魔鬼在每一条街上/沿路的银行、饭馆、车站、杂货店/甚至所有店铺都有专门的魔鬼/导演各种地下交易,授受各种悖理//魔鬼们有时候让整座城市座无虚席/他们附在所有市民,一切人的身体/驾驭着各趋向,促成各种性趣/有人自杀或者破产,有人一夜暴富/都是他们在操纵……"这似乎已不止是波德莱尔,也不是如今流行于全世界的任何一位诗人,他混合着时代的忧伤,一个现代主义者与人文主义者共有的忧患与拯救的复杂情怀;其语言的表现力,也决不再是刘半农的《一个小农家的暮》和徐志摩的《叫花活该》一类诗篇所能够比拟的。

我当然不是想再度兜售一个简单的进步论神话,我只是想说,作为文明的载体与镜像,或许诗歌是唯一具有"文明的救赎"作用的东西,对一个没有宗教的民族来说,什么才能让中国人从万丈红尘的世俗与物质中停顿和思索那么一小会儿?只有诗歌。

我还是想举出朵渔的这首《这世界怎么啦》:

是谁将羊群赶到白云上吃草
是谁将马群赶到大海上饮水
失去土地的农夫在屋顶上栽种土豆
权柄在握的官吏在鼠洞里隐藏金钱

行乞者啊,不要去富人的门前乞讨
冤屈者啊,不要到法院的门前喊冤

世界,请安静一下,听听
这只狂躁的蝉有什么冤情
它从早晨一直叫到了晚上

这只渺小而卑微的蝉,它从早到晚地狂躁地鸣叫,或许可以比拟如今一个操持细碎的语言去提醒这世界的喧嚣的诗人,他力所能及又似乎无能为力的所作所为。但也是因为有了这样的一点声音,为前一位诗人所愤懑和拒绝的那些疯狂,才有了一丝清醒和停顿的可能。

当然,从一百年的尺度看,写得好的诗歌就不能以这样的一种常态尺度来衡量。我们所能够着眼的,便应该是那些更具有体积、硬度以及陌生感和实验性的文本,而这恰恰是一本年选诗集所难以体现的。这也是一个编选者所永远无法摆脱的悖论:"作为文本的诗歌"和作为"超文本的诗歌"——即"关于诗歌的概念"之间,永远是一个具体性和总体性之间的不对等。简单说,一个好诗歌的集合,或许只是一些文本的集萃,而并不能最终体现诗歌本身的方向、分量和状况,而仅仅是一个象征。这是一个编选者所必须始终清醒的,否则其工作便失去了自省与意义。

想来,这已是我所编选的第十五部年选,也是我所写的最短的年选序言。需要认真检讨的是,除了工作本身的杂乱中的愈见粗疏,还有心气的浮躁与衰败。愈到最后,这种自我的厌弃感愈重。任何借口都是苍白的,假使对自己所选定的东西没有一个总体性的理解和分析判断,无论如何都是说不过去的。而今,我几乎就面临了这样一种窘境。

或许对一年诗歌创作总体性把握的困难,未尝不是在说明诗歌书写的自由度更加宽阔了,未尝不是在说明书写更接近它本身而非其他什么热性的关键词,未尝不是在说明年度创作之间的作为历史的连续性。这个窘境或许是我作为追踪记录者的真实的在场感,是诗歌书写自由的一部分。

感谢朋友们赐赠的大量的期刊与文集,所有这部集子中的作品都来自其间。我享受了这个阅读的过程,借此也维持着作为一个读者和研究者的感受与角色。这一切都是拜诗歌所赐,拜朋友们所赐。

2016 年盛夏日,北京清河居

阿顿·华多太*(两首)

嗨,地球人
——给世界气候大会

最近,我多么向往自己
早上醒来,已是一位修行者
在一座古老的寺院,思想单一,身体清静
不去打扰土,不去打扰水、火、风
不去伤害自然与世界

我多么向往所谓的文明
是个腿脚不便的老人,是个盲者
是个钝化的刀剑。行走缓慢
方向不明,无力切断动植物的命脉
使法则是为法则,让人作为人

在近百年里,我们不遗余力
迫使一座座山断子绝孙,一条条河流
沦为娼妇,被轮番玷污,遗臭万年
天空长满疮痍,树根乱了阵脚
不知道长向着太阳,还是地幔

---

* 阿顿,华多太,藏族诗人,现居青海。

嗨！我们一直假借进步的名义
疯狂种植城林,把山与水搅混在一起
从不怕太阳的双眼充满血丝
大地深处,滚来无数车轮
逐个碾轧空气里的座座花园

我们这辈的舒适、便捷和嗜好
多半属于子孙。我们过分奔走前方
是在抢跑他们一段美好的路
我们一直行驶在饿鬼道
大口吸食天与地的精髓,不知饱满
我们勤劳的左手,掩不了贪婪的右手
偷窃着未来——水木金火土
请尽快醒来吧,睁开双眼
一眼望到一千年之后,地球人

城市与魔鬼

在城市里,人们容易被魔鬼猎获
那些魔鬼在每一条街上
沿路的银行、饭馆、车站、杂货店
甚至所有店铺都有专门的魔鬼
导演各种地下交易,授受各种悖理

魔鬼们有时候让整座城市座无虚席
他们附在所有市民,一切人的身体
驾驭着各趋向,促成各种性趣
有人自杀或者破产,有人一夜暴富
都是他们在操纵。他们,一无是处

这些魔鬼诡计多端,擅于让人们
被那些短命的楼房的鬼魂所驱使
很多的美好都被嚎叫的机器宰杀
那些鬼魂拒绝安息,成为阴界的子弟
聚众蛀蚀我们的精神支柱
诱使我们欲壑难填,无法让自己安宁
魔鬼在城市里让一些人著书立说
他们创作的大量历史,居然轻易被
一块出土的古石碑抹去。那是因为
他们在讲坛上滔滔不绝的源头
拒绝源于一个老牧人古老的传说
还有,魔鬼让KTV一首富裕的歌
杜绝刺激到路桥下裸睡者的耳朵

魔鬼把那些死人的骨骼变成裸露的钢筋
把那些街头横尸变作一堆堆建筑废墟
魔鬼叫一对男女在出殡仪式上嬉闹
魔鬼教会很多市民,很多孩子
把陌生人当做嫌犯、小偷、强盗或杀人犯
魔鬼让两位老人为争抢座位而大打出手

魔鬼让人们把闪婚当做一种时尚
把那些被否定的美丽,妖魔化的诚实
都塑造为人们嫌弃或嗤笑的标的物
魔鬼让私家车花花绿绿的颜色,抹黑尘土
让那些空域成为一粒粒氧气死去后
飞扬的病魔,从呼吸道,从血管送进我们

最后,我多么希望这城市里的魔鬼
压根就畏惧农村,从不敢踏牧区一步

我希望他们从城市的中阴半途返回
或者快快消失,或者现身魔鬼的嘴脸
让农村和牧区干净地待在那儿
但我只能希望。就看时间有没有这个旨意

(选自《先锋诗》2015年第1期)

阿九(三首)

断　蚓

> 我自横刀向天笑,去留肝胆两昆仑。
> ——谭嗣同

我就是一条断蚓,
冰凉的头部并不在乎下身的离去。
倒是那后半截,虽然理论上
只是一具残尸,
却在地上痛苦地抽搐。

但那痛只是看客的痛,那抽搐
只是观者内心的挣扎。
世人在恐惧里
捏造了一种不存在的痛感,
并像一只花环一样
将它戴在
我早已落地的头上。

我曾怜悯过被快刀宰杀的牛羊。
但有后人告诉我,斩首
乃是最仁慈的残忍——

那食草的头会在瞬间
因失血而忘记伤口,
而与中枢神经分离的躯干
则永远丧失了痛苦的能力。

"就来个痛快的!"
那一刻,滚落在地的不过是我
盛年的一场春梦,
而我的父,我的土和我的国
也在梦中被劈成两半。
那一刻,我是我自己的舞台;
我是我自己的观众。

午门外的阳光,让我彻底爱上了
那把明晃晃的屠刀。
我就是一座断头台,而我斩断的
是一口嗜血的刀刃。

瓶

她刚刚走进我的小屋时,
我的瞳孔里映入的
只有一个倒置的瓶酒。
不管是微涩的红酒,还是高烧的
白酒,都会让我一醉不醒。
而此时她已坐在身边,
她的头发是刚刚凝固的
茶色玻璃,那被锁成瓶状的液体
也是。我们面对面
坐着,谁也无法猜透那个瓶口

引力的深度,

直到我以双唇压上瓶口,
像是预防海湾上升起的一道
魔鬼的轻烟,然后仰面
一饮而尽——
"多好的酒啊!完全配得上这只
疯狂的瓶子。"我这样宣布,
对着一脸欢喜的她,
并将那只茶色的酒瓶,倒提着,
塞进她的怀中。

在梦里飞行

好久没有做过会飞的梦了。
从山坡,草地或阳台,
任何一个心能摆平引力的地方起飞,
告别生者的畜栏,
告别大地渐缩的球形的语境。

同温层上高寒的自由
让心不知应该融化,还是更深地封冻;
这颗雪莲一样盛开的心
令你自夸,又难以承受。

我们来自一个被理性通缉的星球。
我们只能在梦里
说出自己的地外身份。

但在梦里飞还是不飞,绝对是一个

人品问题；它决定了你
是否能以一颗高飞的心
来废除
这低处轰鸣的不真实的生活。

（选自《北回归线》总第十期，2015）

阿毛(四首)

玻璃器皿

它的美是必须空着，
必须干净而脆弱。

明亮的光线覆盖它：
像卷心菜那么舒慵，

或莲花那么圣洁
的样子。

但爱的唇不能吻它，
一颗不能碰撞的心；

被聚焦的夜半之光，
华服下的利器！

坐不能拥江山，
站不能爱人类！

这低泣的洞口，

这悲悯的母性。

你们用它盛空气或糖果,
我用它盛眼泪或火。

这里是人间的哪里

子宫一定是一个可爱的迷宫

所以,我们一出生
就爱上捉迷藏,就在寻找隐身术

可又怕不被找到
所以动一下厚窗帘,发一点小嘘声

被找得太久了
就干脆蹦出来

吓人一跳——
"我在这里!"

我在这里!这里是哪里?

一代人的集体转向

以前
爱一个人
可以放下尊严,为他去死;

以前

可以倾尽世间的白雪
仅为他成为最英俊的王子；

以前
可以铺张一千零一吨白纸
写满黑字,仅为他住在那里……

现在,我们只想：
好好爱自己、爱亲人
茶余饭后再爱一下全人类

以风筝探测高远的天空

鸟鸣现实主义的心经
我吟浪漫主义的诗句

以风筝探测高远天空
以单车丈量辽阔大地

走过即将睡着的夜晚
如今,我要闭门不出

打磨刺亮夜空的光束
饲养日行千里的马匹

(选自《诗歌月刊》2015年第4期下半月刊)

阿未(三首)

到了秋天我总是心怀悲悯

到了秋天我总是心怀悲悯,我会
找一个时间去郊外
看看那些失水过多的青草,那些在风中
摇摇欲坠的树叶,还有那些在落花上
徘徊不去的蝴蝶,或者就坐在湖边
看看这片再无波澜的水,听听近乎绝望的虫鸣
在岸边的草丛中向炎热告别
阳光穿过那个燃烧的夏日,在此刻平静下来
像这片一望无际的湖水,在时光的遗弃中
静静的老去,静静的凉了
一却都在意料之中,我忽然成了一张
在岸上晾晒的网,太多的日子穿网而过
只留下最早落下的几片叶子和难以释怀的
淡淡忧伤……

给 你

没有什么好给你的,把深深的想念
给你吧,把今晚的失眠和

熄灯后的黑暗给你吧,给你
在黑暗中我无所依傍的眼神,给你
窗外正静静飘落的雪,给你一首
彻夜不眠的诗,和小心翼翼的雪
一起落在你清澈的梦境……
我是一个一无所有的人,除了
破损的外表和还算完整的爱情
我只有这被想念浸泡得愈发柔软的
情绪,在无数个孤独的夜晚
奔波在你余温尚存的影子里,任由我
把自己拆解成,一个个忧伤的句子
以诗歌的名义,挤进你暖暖的
内心……

石头上的名字

在一块石头上刻上自己的名字,让它
和我的生命一起变旧,变老,变得
血肉模糊。如果有一天我死了
就让它做我的墓碑吧,让它来承受
接下来的苦难与幸福,这些本该属于我的
秘密,写在它风吹日晒的脸上了
就让它一言不发,在我生命的背后沉默
模仿我生前的样子,以寡言和忧郁的
气质,拒绝浮世的繁华和酒肉的
祭献,让与生俱来的孤独避开时间的
刀法,在任何一个角落,代替我
过好安安静静的生活,而我的身体已经
不重要了,活着的想法已追不上
它在时光中腐烂的速度,当石头悄悄地

挽留住我的名字,身体就成了一场
虚空或骗局

(选自《诗选刊》2015 年第 10 期)

阿翔(两首)

读　诗

趁天黑之前,要比蝴蝶的时间
多出一丁点斑斓,与一首诗挂钩。
生活被释义到电影情节里,我不担心
驶入假象的速度,必要时在内心
孤立自己,避免趋向于人群。
所以你看不到空气中的小旋涡,
通过阅读交换蝴蝶的诗艺,但不意味
你可以能翩跹,尤其是,它并
不取代你超凡的头脑,就像诗的
偶然性,泛催眠的情怀。如果需要
分类,一类我依据判断捕捉住,
才能得以脱身;另一类你应付不了
隐喻,甚至夹杂着猎艳史,就好像
风暴最抢镜;这种比较其实
遗漏了爆发力。有时,一首诗
扯上古老的诡辩,听起来确实
遮蔽了我们伟大的耳朵,被波浪
一次次击倒。当然,孤独也是
身体的一部分,我乐于用来读诗。

事实上,熟悉了各种缝隙,总有一种
缝隙从汉语熟悉你,如同诗的倒影,
和诗的不倒影,不在于风景的可能性,
选择是最起码的原则。停顿时,
不妨飞起来,即使你穿梭一本书。
在天黑之前,蝴蝶成全了内部最高
秘密,你最好忍受对斑斓的过敏。

永夜诗

要避开失眠很难
连同它带来的漫长的飞翔
这一次,郊外的颓废,拥挤着我们的永夜
我触摸到异乡的低树枝,在没有
被寂静弹奏之前,远处的气味
不足挂齿,就像我们事先
毫无准备,上帝安排好了的遗产
昭示着群星即将笼罩;我很少会这样想
从未经过的悬崖,也意味要经过
一大群乌云,其余懵懂,这没什么
好担心。相对于吞火,我们体内的
暗示似乎无用,无用到相互
确认不了,犹如宴席的喧嚣。你提到
陌生人,以及乏味的葬礼,总是
远隔千里,这一次我们的脚印
追丢了一首诗,包括往南的辽远
简直不成体统。讲究点吧
在同样的永夜,我们的悲哀
预言了不可能的事:在舍弃中求诗
或者,在诗中求生。闪电

减少阅读的偏差,以便我对死人
的旧伎俩了如指掌

(选自《先锋诗》2015年第1期)

安琪(三首)

我试图说出这些往事

整个往事都从你的记忆走失,你翻开大脑,看见一片
胡萝卜的阴暗,通体皱纹的手感,潮湿,软乎
保持对事物的冷漠,这尘世的是非,来,而
不往,压低自杀者广告架上的冲动,他在上面已有
多时,我看见他安静地蹲在十层高的广告架上
的冲动就好像我已经跳了下去
我的心脏先我一步交出了未来,它在镜子中
照了又照,破裂的地方傲慢,却干净,像
忧伤,剔掉了骨头,结一层薄薄的膜,多么
漂亮的心眼,古代风俗的遗存,每天,你在对
往事的追寻中和自杀者不期而遇,在十层高的广告
架上,你想象我会和他一起跳下却不知我已悄悄
铺开防护气垫,亲爱的我不想死,我试图说出
这些往事,我想和世界同归于尽。

梦很冷

他们把板凳搬到梦里,暗示我,这并不牢靠
的支撑物不宜久坐

风物不宜放眼量
他们把板凳摆平，暗示我，这是预备收留你的
床，他们看我平躺上去，露出惶恐的
笑，无辜的哭，莫名其妙的过去
他们看我死去，心满意足，然后离开
在梦里，我死了过去，我问自己，我怎么
死了？这不是梦吗？
我清楚知道在梦里我死过一次，是的，就
在梦里。

如果将树看成蜡烛

吊在一棵树的树荫里回望来时之路
漫无边际的暗，逼你，点起蜡烛，逼你
把心放下，除此，你所担忧的，都已成型

就着一根蜡烛看风景，人生如陌生地，人和
地，都不熟。你在树下徘徊，脚走出了
八万四千个脚印，你在脚印中数雨水

雨水有情，养花养草，养鱼养儿女
你在花草中闻到儿女的馨香
鱼在皮肤游，空旷处一树招风，风大不可测

将一棵树看成蜡烛其实也不难
难的是漫无边际的渴望，不可及物，也不可
及天及地，人生在世，都知不过土馒头

却是漫漫此生，心疼路疼儿女疼。

（选自《诗建设》2015年春季号）

柏桦(三首)

无 著

四世纪的印度佛徒无著老是朝思暮想着一件事
——某一天能亲见弥勒菩萨。
为此,他一次又一次去山中闭关、观想
前后十二年过去了,菩萨从未出现,
无著也死了心,决定再不闭关。

一日午后,无著在道旁逢着一只老狗,
它的下半身全腐烂了,上面尽是蠕动的蛆虫。
无著二话不说,当场就从身上剜下一块肉
递给狗吃。并同时决定帮狗除蛆。"不对!"
他转念一想,"用手捉蛆,不小心,会伤害蛆。
那就用舌头去舔、去吮。"

无著匍匐在地,倾身向狗,闭上双目,伸出舌头
……似有沙土被卷入嘴里,无著睁开眼睛,
从地面略略抬起头来:
狗已消逝。弥勒菩萨正微笑着挨在他的身边;
温柔的光辉,在无著的周遭,熠熠降临、闪耀。

无常(二)

阅读这本书时,
室内的光线已变暗。这一页翻过,

我开始幻想尼泊尔寺院上空的秋云……
如此短暂;
我那微细的毛发呀,它在变。
那些卑贱的人或高贵的人终将死去……

记忆——

急流冲泻、一滑而过

一位身材高大的上师在那里讲经。

逝去,逝去……

天空迎面扑来,初冬宛如初夏
黄昏里,那幢楼房、那间病室

她
无法以一颗欢乐心进入哀歌

她日里问夜里问,每隔一会儿都要问:
我死时会是什么样子呢?

凡心是风口的灯火,无法稳定
困难——超过那只浮在水面的乌龟

注意：
一只小昆虫正把你的小手指看成伟大的山水呢

逝去，逝去……
让我们的心在寺院。

（选自《诗建设》2015年冬季号）

曹有云(三首)

我的老虎

你一直在寻找那只
万年前的老虎
唯一的、活的老虎……

它在森林搏斗,咬断野牛的脖子
在月光下舐伤,疼痛呻吟
在大河岸边散步,看见自己漂亮的头颅
在草原奔跑,追逐落日
在摩崖咆哮,百兽逃遁
在山谷行走,孤独落泪……

一只真正的老虎
远比神话和废墟更加久远,更加真实的
活的老虎
雄壮野蛮的老虎
单纯可爱的老虎
独自跃过人类万年辉煌
万年荒凉的坟墓
跃过时间黑暗空洞的栅栏

踏上石头的王座
仰天长啸……

爱荷华,美洲虎

一群虎在树林
一群美洲虎在深秋
秋天在燃烧,美洲虎在燃烧

是爱荷华,是爱荷华深秋的树
是斑斓的美洲虎
是时间精心点着的一场大火
为你,为我
是一只完美的美洲虎
是一场纯粹的大火

是关于秋天所有的想象
是纯粹美的理念
在纯净燃烧

是十月的爱荷华
是美洲虎在燃烧
在我一生浩瀚的光阴深处

冬夜,在德令哈的孤独

一只黝黑的蚂蚁
匆匆疾走
在德都蒙古巨型的木碗

鹰阵盘旋

星空高悬
空山静极
雪豹梦见太阳
自雪山峰巅滚落
坠入怀抱
火光冲天

柏树山冈万里雪飘
巴音河水千里冰封

金色城镇,已安然入睡

(选自《绿风》2015 年第 2 期)

长征(三首)

田野上出现龙的形象

君子终日乾乾,夕惕若,厉无咎。(引《易经·乾卦》)
我的天啊

破冰的瞬间
留下闪电的痕迹
泥土中弯曲的虫子
呼叫云上之神

你像一颗子种
心中贮藏着阳光的密码
口中含着新芽

雨点在报数
风在一目了然人民的情景

大人孩子都在谈论龙的消息

你出现在大野
背靠初升的朝阳

并不知道自己是什么

等待

云上于天,需;君子以饮食宴乐。(引《易经·需卦》)

我在西郊等待
并没有什么人来
我在流沙上等待
它让我坐地日行八千
我在泥泞中等待
那就深陷在泥里吧
我在血泊里等待
进来了三人
在一圈血漆的圆桌上
我招待他们喝酒

死亡像一张撕不破的面具
轮到谁输罚酒一杯
并把面具戴到别人脸上

梦的原浆

有孚盈缶,终来有它吉。(引《易经·比卦》)

水在大地上奔流
我们肩并肩行走
摇曳生姿的草木
描绘着君主的城池

好

让我们摆开阵势去田猎
来者不拒去者不随
一等猎物祭祀神灵
二等猎物招待宾客
剩下的我们就一起享用吧

好
让我们斗志昂扬向敌人开战
降者不杀奔者不禁背敌不追
胜利像黄灿灿的果子坠满枝头

酒在缶中储藏
如岁月深处的愁惘
梦的原浆
开封成都越千年之事

大大小小的诸国如雁阵
比比飞来

(选自《中国作家》2015年第10期)

车延高(四首)

石　匠

能从一块石头的沉默,读出
大山的心思
石匠的性子和凿出的基石一样厚实
习惯了被埋在底层
他们手里的铁锤和凿子寻找坚硬
手上茧就是 LOGO
凿出柱墩、基石、门当、石狮和街石
石匠看重的人
会用青石为他凿一块碑
用一座山的重量去刻,像刻一座山
有人要石匠为他凿世上最高的碑
石匠在凿的时候
把这个人视为凿去的部分
石匠忙碌一生,刻了很多碑
却来不及刻自己的墓志铭
他倒下时
铁锤和凿子都累了,靠在墙边
不说话

微笑是一世不谢的莲花

活到最后一刻,读你的眼睛慢慢闭上
那时我满足,灵魂住进了你的房子
如果不是时间走得匆忙
我还想在你的面颊上多学习几天
看你的泪写两行很短的诗
看你的红唇给苍白留下千古一吻
告别时,没有微笑,花都哭不出泪
脚很重,在没有一棵草的地方独行
桥断着,要去的世界我叫它天国
那里的天空瓦青色,土地穿着我的衣服
那里的黑夜没有月亮,影子不认识眼睛
我在无数星星的逼视下乱了方寸
心不敢跳,眼睛吐出昨天的污血和病毒
双腿把地球跪成蒲团
向上帝反省前世的罪孽和罪孽的前世
一轮月回光返照,绣出荷叶的绿色
明白时,眼睛是沉淀过天空的湖
你的微笑是一世不谢的莲花
诗意流淌过来,门前涌动着灵感的大河
下辈子我就做一块卵石吧
在汉字的背上刻我的名子,默写温柔
让每一条鱼成为我不弃不离的孩子

苦 难

苦难,是幸福蹲在一旁
看落井下石的人出手,把一根根针

扎进欲哭无泪的心
痛被忍着,藏着,掖着
最亲的人从你气喘吁吁地脚印里看见血滴
践踏冒充跋涉,踩出泥泞的路
瘦成羊肠,瘦得细若游丝
荒芜尽头,长出野野的苦菜
山穷水尽,苦难在半坡村做梦
醒来,白日依依
柳暗花明是抄在纸上的诗句
坐禅的人,耳朵累,两岸猿声啼不住
眼里尽是悲,沉舟侧畔草木枯
鬼没有牙,帮一堆钱推磨
婚介所板着脸,一个年轻的声音说
没车没房白进来
绝望这家伙超生了好几个孩子
不会哭,也不笑

(选自《大别山诗刊》第38期,2015年)

陈舸(四首)

林中路

于是我们拐进
这片海边的松树林。
砾石铺砌的小路
湿漉的小狗,比我们更快地
投入野花的香气。

我们需要隐蔽的
更适合表达肉体的地方
而不是一小片
人造树林。
在地面攀爬的藤蔓,
椭圆形的叶子
掩护着金龟子的疯狂。
甚至蜗牛,在留下闪光的黏液后
让狭长的草叶摇晃不止。

海,在远处翻腾。
我们陷入了树影
和秋天诡谲的阴凉。

我的手,试图
向你身上最险峻的地方攀爬
深入腰际的海岸。
但最后终止于
一朵合拢的紫睡莲——

野　花

我无法说出
遍地野花的名字。
它们愈美
我就越惶惑。
你逃离了我的掌握,
叫嚷着扑向浓密的草丛。

我在脑沟搜寻
用来描述植物器官的
那些词语——
伞状或棒形花序
红,蓝和橘黄……
你采摘它们。
很快,怀里的花束
已经有一个婴孩那么大,
我甚至难以辨认
你身上惯有的香气。

难道,我们一定
要知道事物的称谓,
好像只有如此
一切才显得真实。

你涨红的脸,鼓起的胸部
难道还不足以
作为野花的证据?
又握住你空闲的手指,
柔软,让我颤栗。
你的样子无邪、满足
我突然感觉到
更多鲜花,掩饰的惊惧。

童话诗

雨水也在看表,每天
这个时候,来敲窗玻璃。
你不说话,只抽芽。
浅草裙里的植物味,我着迷——
眨眼变成两只白兔。
雨不长于你的鬈发,更饶舌,更近。
我觉得额头挨着蝌蚪云。
如果找不到,叫你的名字
你会从大片的,开裂的瓜叶里
跳出来吗? 你知道
那些萤火虫:光阴盗贼
又硬,又凉,偷吃南瓜花。
雨只是你的替身。

鹅塘的邀请

你不必学白鹅的傲慢。
当半枫荷摇晃,像一封旧信
抖落你明灭不定的样子。

河里的鲢鱼咬着肿胀的脸。
露水让钟点变圆,月光
吸吮着青草里交尾的田螺——
我以鼠灰色流水的喉音
凉凉地嘀咕:请不必有斧子的冷意。
你砍伐的不是一棵樱桃,
你穿的只是牵牛花的圆裙子。

(选自《诗建设》2015年春季号)

陈先发(三首)

斗室之舞

早晨的卧室像
刚被犁铧翻过的田垄
腕上有潮湿的花粉
——昨夜发生过什么?

站在镜前刷牙的两个人
是两坨相偎着融化的冰

很快,春日的强光会射进来
薄雾散去
房间将恢复为古老的四边形

窗外偶尔有鸟鸣渗入
将四边形的一边撞成弧线
但——瞬间被生硬地弹回
在我看来
四壁的垂直
更像是一种稀有的祝福
我们活在这里

是啊
仍可辨认的我们
在这里
那些隐秘的泪水
几乎可以忽略不计
我的笔尖牢牢抵住语言中的我

诸神的语调

晚上读书的间隙
我专注于玻璃外的夜色

像从淤泥中抬眼
夜色里也有人长久地注视我

菜市口排队被斩首的死囚中
永不出声的那一个
暮光中
碰一下我的衣角又惊慌缩回的
七八岁女乞童
废城墙下拉二胡的老瞎子
在母亲熟睡的窗外
跪了一夜就再次失踪的
亡命徒

我愿意是你们中的一个
我愿意住在你们身体里
我也愿意住在用头死死抵住岩石
痛苦分娩的母羊体内

我读过诸神之书但
从来记不住说过些什么
我从未目睹过诸神
我只懂得他们永远黑色的低缓的语调

葵叶的别离

露珠快速滑下葵叶
坠入地面的污秽中
我知道
她们在地层深处
将完成一次分离
明天凌晨将一身剔透地再次登上葵叶

在对第二次的向往中
我们老去
但我们不知道第二只脚印能否
精确嵌入昨天的

永不知疲倦的鲁迅
如今在哪里
恺撒呢?

摇篮前晃动的花
下一秒用于葬礼
那些空空的名字
比陨石更具耐心
我听见歌声涌出

天空中那蓬松的鸟羽、机舱的残骸

混乱的
相互穿插的风和
我们永难捉摸的去向

——为什么？

葵叶在脚下滚动
我们活在物溢出它自身的那部分中
我们活在词语奔向对应物的途中

（选自《诗建设》2015年冬季号）

迟云(三首)

一支铅笔的梦游

夜深人静的时刻
肉体、精神乃至潜意识
本能表现得比欲望更加充分

当人们在鼾声中次第睡去
一只铅笔朦胧中在写字台上立起
驻足在洁白的 A4 纸上
如梦游者走上空荡荡的舞台

窗外的月光宁静如水
空气中弥漫着生动的湿润
铅笔本能地认为该写点什么
但只记得北方挺拔的松树
　　和高挑俊美的白桦林
只记得树枝上栖息着优雅的鹭鸶
　　和机警中来回奔走的梅花鹿
铅笔想把这一切都描绘下来
但来自内心的悲伤
　　像潮水一样覆盖了过来

铅笔又一次嗅到了纸张的木质气味
死亡的气息层层逼近
煮豆燃豆萁的感觉突然萦绕于心

铅笔本能地停止了梦游的状态
它把自己站立成枯死的树桩
然后从窗外捡起一片哀伤的月光

月光似鹭鸶遗留下的白色羽毛
悲情地洒落在树桩的周围

如果诗歌是一棵树

如果诗歌是一棵树
它的幼年是蓬勃向上的
叶芽嫩绿
枝条风情万种
在不同的季节
诗歌树忸怩作态
被风弹拨出不一样的声音

如果诗歌是一棵树
沧桑的树干昭示出壮年的风骨
这时节叶子的喧哗愈来愈轻
粗黑的树皮遮挡了年龄的悬浮

如果诗歌是一棵树
老年以后
它潜藏的根系,远远超出

树冠覆盖的面积

忧　春

　　当我开始用手心去测试冰锥融化的暖意
　　春天,就试图从指缝间悄悄溜走了

　　春天实在是一个虚荣的女子
　　杏花桃花海棠花甚至遍地的油菜花
　　都是她不经意换下的衣服
　　她冬天里预交了订金
　　惊蛰刚过
　　快递的邮件就次第送来了

　　当温暖的山风又一次撩起我的额发
　　我想,那么多的新衣服
　　这个粗心浮躁的女人是否都穿过呢
　　如果有漏下的
　　该什么人穿给另外的什么人看呢

　　有一天
　　面容枯黄的宅男对忧郁的剩女说
　　没有听见布谷鸟的叫声
　　地里怎么长出了一片茵茵的青苗啊

（选自《中国诗歌》2015 年第 10 期）

楚荷子(三首)

一个女人的四季

在飘荡着油菜花碎片的河域
我　是你遗落在水中
最稚嫩的那一只　幼蛹
在折断了飞翔的春天
听夜幕下　翅膀扎入土壤的声息

雨季过后　在丰沃的屋檐下
我　是蜷缩在青烁瓦砾下
最单薄的那一片　蝶衣
在你爆裂的褪变过后
筑起一片坚韧的疼惜和希翼

你挥舞着汗水　拦腰割断麦穗
我　是从你手心滚落的
最潮湿的那一棵　麦粒
躲在一片枫林的黄昏背后
散发一抹过季的相思

你翘首一场漫天的风花来临

为了守候广袤下残存的　些许　枯萎眷恋
不敢舞蹈的我　裹着天空褪下的最后一层
老皮
匍匐于冰雪大地
在你的视线之外　冰冷地游漓

八月的村庄

风铃紧跟着鱼的游淌
几只虫与鸟的鸣叫
摇晃着晚归的炊烟
潮湿的脚步声　蜿蜒了天空的峦峰

初生婴儿的啼哭
碰落一尊生坑的青铜器
桂花　蘸满了笑容
涂黄了高原的荷衣

八月的村庄
一顶暂新的红盖头和几处呻吟
将月亮灌醉　一起跳跃着
羞涩地躲进麦地

罂粟与老银器的亲吻

在村庄
我是一枚镂空的老银器
光脚行走
披着三月的烟雨和棉麻布衣
亘古的辽阔中　镌刻着锈蚀的细腻

在城市
我是一枚青涩依旧的浆果
裹足攀岩
藏匿在十月的风霜和高墙幕后
罂粟的馨香里　吐露着隐蔽的尘粒

罂粟与老银器的一次亲吻
割断了那根牵连着子宫的缆绳
血液　奔涌
一座记忆的城池没入水底

历史和未来一起浮出水面

（选自《时代文学》2015 年第 7 期）

大解(八首)

秋　天

在河水北部,几个汉族人在田间劳作。
云片已经飞到了天外,仍被秋风追逐。

平原尽头突然冒出一列山脉,
有什么用啊,能阻挡谁啊。

时间？流水？盗贼？
那出现又消失的,多数是幻影。

汉族人在田间劳作,没有抬头。
几千年前也是如此。

人们日出而作,日入而息。
啊,秋天来了,我不能在此久留。

说　出

空气从山口冲出来,像一群疯子,
在奔跑和呼喊。恐慌和失控必有其原由。

空气快要跑光了,
北方已经空虚,何人在此居住?

一个路过山口的人几乎要飘起来。
他不该穿风衣。他不该斜着身子,
横穿黄昏。

在空旷的原野,
他的出现,略显突然。

北方有大事,
我看见了,我该怎么办?

在我的经历中,曾经有过这样的一幕:
大风过后暮色降临,
一个人气喘吁吁找到我,
尚未开口,空气就堵住了他的嘴。
随后群星漂移,地球转动。

在河之北

在河之北,并非我一人走在原野上。
去往远方的人已经弯曲,但仍在前行。

消息说,远方有佳音。
拆下肋骨者,已经造出新人。

今夕何夕?万物已老,
主大势者在中央,转动着原始的轴心。

世界归于一。而命运是分散的,
放眼望去,一个人,又一个人,

走在路上。风吹天地,
烈日和阴影在飘移。

在河之北,泥巴和原罪都有归宿。
远方依然存在,我必须前行。

(以上三首选自《诗刊》2015年6月号上半月刊)

个人史

时间使我变厚　它不断增添给我的
都有用　有时我穿过一个个日夜
回到遥远的往昔　只为了看望一个人
有时我把一年当作一页翻过去
忽略掉小事
和时光留下的擦痕
岁月被压缩以后挤掉了太多的水分
能够留下的不是小幸福就是大遗憾
有时我把十年当作一个章节
倒退五章　我就回到了幼年
人生就像一本书　当人们读到最后
把书卷轻轻地合上　看到我过于菲薄
我只能深深地抱歉
有时我把百年看作一世　万年过去
我就是生命潮水退落后
留在岸上的一粒沙子
百万年后　我才能回到神的手上

成为一粒真正的灰尘

秋风辞

把小草按在地上　算不上什么本事
秋风所彰显的不是力气　而是凄凉
我知道这是对我的威胁　其警示意义是
如果你不服气　就摧毁你的意志
然后吹凉你的身体　让你在离家的路上
无限悲伤

显然这是一次错误的对抗
我无意与秋风交手　我的手用于抓取沙子
最后剩下的是手心里的时光　其余都漏掉了
就凭这一点　我不是秋天的对手

请你松开那些小草　我认输了
趁着夕阳还在山顶上闪光
请你给我一条出路
让我把一生的苦水喝下去
然后洒泪而去　消失在远方

这样可以吗　秋风啊　看在上天的分上
饶恕那些弱小的生灵吧　如果你非要
显示毁灭的力量　就冲我来
把我按倒在地　再用尘土把我埋葬

山 口

快走或慢走都没用了　天黑以前

到达山口已经不可能　就是风从背后吹来
给你一些推力　也走不了多远
阳光退到山顶以后　道路会萎缩
甚至融化　让你消失在黄昏中

我停住脚步　向乌鸦打听路途
它啊的一声就飞走了　啊是什么意思？
乌鸦是黑暗的同盟　它不可能说出实情

我决定试一试运气　闯过去
直接穿过这个夜晚
只要心里的灯还在
我就能从星星那里借到火种

这时天色渐渐暗下来
蚂蚁钻到了石头下面
石头却释放出内部的阴影
我加快了脚步　感到风从地下浮起
慢慢向高处抬升　而山口却在下沉和凝固中
降低了尺寸　让我这个走了半生的人
略感疲惫　却充满了信心

在旷野

在乌云聚集时出走　这无疑是
一种对抗的信号　容易引起天空的愤怒

我说的没错　先是闷雷在远处轰响
随后山脉在暗中移动
这时奔跑已经来不及了

一旦空气也跑起来　暴雨随即来临

最使我心慌的是
一股旋风也在追我　这个家伙
我好像在哪儿见过　我用手指着它
厉声喝道:呔! 不要再追我!
它就站住了　随后化解在空气中

暴雨来临时　灵魂是虚弱的
在追逼之下　我敢跟它拼命

这时悬挂着雨幕的黑色云团
铺排而来　第一个砸在地上的
不是雨点　而是雷霆
与我一起承受打击的还有荒草
蚂蚁　甲虫　和旷野上的石头
它们比我还要卑微和恐慌
却坚持着　从未埋怨过自己的命运

日　暮

华北走廊尽头　一只甲虫在墙角下打洞
它的屁股对着平原　头钻进土里
爪子往外刨土　落日的余晖照在它的尾巴上
有一点点反光

秋风穿过走廊
在傍晚时分吹拂在甲虫身上　黑甲虫
对挖坑有着天然的兴趣　它忙着
也许正是由于凉意　加深了它的忧虑

急于建造一个安身的小窑洞

一个小孔在忙碌中渐渐形成
甲虫已经钻到了深处　用屁股推出松土
我真有点羡慕它的窝了　但我肯定住不了

整个过程　我都在观看　在欣赏
甲虫没有一丝察觉　它不知道
太阳落下时溅起了漫天霞光
用不多久　人类的灯盏也将次第亮起
而它的家是黑的　我一直在想　它的灯
不是藏在心里　就一定悬在天上

（以上五首选自《诗选刊》2015年第3期）

大卫(五首)

美　好

多么美好的上午
蝴蝶是蝴蝶
喜鹊是喜鹊
草是草
树是树
万物各得其所
如果走得再慢一些
我就是我了

风　吹

风吹草动
主要是草尖在动
树的影子落下来
草的颜色有了明暗的变化

一只蝴蝶
时而平身
时而侧身

轻快而自信地飞着

它在阳光下有灿烂的白
经过树影时
有了些微的黑

在云端爱一次玉兰

终于到了云端
我们开始往下面扔线

你咬我啃我
仿佛孤独
是照我样子做的

不敢把你往死里爱
我怕我会死
我怕我死了之后还爱你

我怕我死了
大海不变蓝

我怕我死了
苍穹不卷边

(以上三首选自《诗选刊》2015年第4期)

冥　想

那时，我的女人没有名字，世界是她的

连我也是她的,一秒也没有分开
那时,走到哪里都是走在蓝天下

那时,山谷就是现在看到的样子
草是纯银的
风是纯银的,风吹过草就是吹过人间

那时,还没有人间这个词
风吹过草就是
银子吹动了银子……

虚拟之诗

请允许我穿越自己一次,无人的夜里
穿越一片废弃的城池
死,也是可以穿越的——如此贴身
仿佛死是一件薄薄的内衣,有自己的
质地与尺寸

请允许我把自己放倒在任何一片土地
像无用之物,空洞是我的,无知是我的
急了就把天空穿在身上,像鸟一样,飞着就长出了枯枝和叶子

请允许我无限地接近苍穹——不是为了飞得更高
而是想看看,那无限的高处,是否
存在着永恒,是否在永恒之后,存在着更大的虚空

或许此生真的是一次误打误撞,因为喧嚣
我把自己扔到了岸上,因为寂寞,我总是自己产生波浪

谁能告诉我远方？谁能替我把大海背在身上？

大风一遍遍地吹过，吹世界的同时
也吹我的身子……何曾奔走于人间？这冷不是我的
这热也不是，或许一生的努力，只是替草木侧了侧身子

（以上两首选自《读诗》2015年第二卷）

道辉(六首)

房 石

这些盲目之石
你确实辨认过它:怎么摸索到墙上
怎么混进了房间,变作一束飞蛾之光

你以养尊处优供它喝
这坚硬
你的手中用尽与黑暗通途衔接的晨野赞歌
那报丧草和从教堂移植过来的菠萝树
生长得多么快活

这时日,垒高的重量,飘吧
你仰视它像一幅赤裸的油画向太阳飘去
你的心胸
涌起新开凿人,踢踏起太阳石裙舞

把你践踏成路上的垫基石吧
那带着盼望、乡愁、幻影的防护堤石,来筑你之心
你破碎的心,长出疼痛之石

这世界的矗然起立
你心之石:大海的波涛天空的云朵
还有那凿刀不敢触碰的花朵,用尽沉默的喊叫

爱的字典

"隐秘"不是你能说,就能说出,现身面前
升日,蝎子一样爬上嘴唇
再爬高上去,即是冒烟的鼻管,呼吸喧嚣的世界

两个人的世界,牵扯一个气球
挂在教堂的尖顶上,教堂在暗光中坍陷
黑色的烛光拉扯大孩子,长大成梦想中的泪人

浆糊是来糊战乱的史书页,而不是日子之墙
沉默,谣言,墙上的杏树很快流产
草堂被残疾鸟投落的果子种击倒
轰跑出持刀偷情的情人,一周后,他们又摸黑拾回遗落
　的镜子和梳子
七年后,挂银镯子的儿子,来辨认真假父亲
假父亲品尝真父亲的勇气
真父亲教会假父亲用甜言蜜语吸引了异性;像巫婆嘴
把偷食的大公蜂吸收在灵魂乳房歌唱的陶罐里

直至我们的家,再也装不入呼唤的诗句
大海,在早晨的万光中爆破,波涛在偏向西方的光芒中耸立
那歌喉沙哑的精灵,重演着一幕幕死亡的戏剧

那不屈服死亡之人
穿着加冕的长袍

一伸手,就相安无事,广大无边,而不是说:隐秘,现身吧
隐秘一如黑洞,革命挨饿的黑洞
爬出一只只背着肉砧的铁蟹,沿途吞食萍草铺就的道路
鸥鸟冲掠如刀刃,把心灵劈作柴禾,伴同着煅烧世界
这爱情的字典内曾未出现过的象征词。
你的爱情
至今把我推到亲如绞杀的前线
不是让我呼吸花朵和鲜奶,而是死亡的气息
难道我们能把死亡
捧着比世界还硕大的
　敞向而轰鸣的双乳房……

　　　　（以上两首选自《诗歌月刊》2015 年第 9 期）

这里没有生活的焦虑

这里没有前不久,时间的嘴叼着铅皮,下
　坠
来叉你的手,手还未向脚要什么
心胸开始燥热,隔一堵闷喊的墙,火柴梗
　一擦就燃

火柴盒装着枯萎的花瓣,大地的心爱,大
　地培植的死徒
你为哭泣举行礼仪,伴用天使的夜餐
　　　也摘星颗来煮不老的珍珠粥
欲望下坠,它的二片唇开始呢喃飞马的声
　韵

　　　你给它像大海的鲜血,它只吸走其

中的红,却把水退回
洗碗和口臭的水,它需要盐时就把你腌在
　　伤口内,而你
　　　　　　仍在碌碌无为的水槽上洗劳役的遗
物
蒸汽和虚光一闪,这里也没有以后,你的
　　手套着脚套着
　　　　　　黎明——这晨光的继母,带着阴暗
　　的儿孙,绕膝微笑

这里也没有诉说风尘世界的人,
痛伤和希冀都不是

落暮下的孩子

你无心喂你的手指,孩子,张着静卜的嘴
嘴,要说出什么
对着圆的星,那光的彼岸
那像用水绳献艺的刑台舞者

孩子,忘劫中的孩子
手中握着双面镜
照见日月上的疤痕
另些持刀人,跟着海水汹涌,爬到日月
　　上,切割金蚁铁兽
这判决时光的铁兽嘴
在吃路中的红草莓树
也吃尽周边呼喊的砍石,直至把风雪欢庆
　　成颂歌簿典
直到海水爬不上衰老的瞳孔的皱纹

那绿色拱起欲望的村庄,在荒芜中闪烁
那年迈的母亲用发髻上的玉簪指印道路
——一端是豪床一端是崖砧的幸福路——
更多的哺育者用转轮来探访
像菠萝果和奶袋围拢住你
你的手指喂入孩子吮咬的嘴串动乳蒂的光
　晕
但母亲站在日月上用全身呼唤你
那是多么神圣的惊人一幕:
被吮咬得疼痛的世界乳房喷下玩耍之泉

颤　动

你在一只眼睛内等待阴暗
路中没有旗杆和飞鱼
举旗人和捕鱼人已相继老去、死去。
另一个人在阴暗内等你眼睛的睁开,到来
呢喃说:闪亮,回来吧

门、窗,向内探视,路像昏暗的光绕弯弯

心的通往身的践踏
三颗心举着三个头颅
压得呼吸喘不过气来
常是
被削尖的思想捧着花摇篮窜到云端上的净
　河
那条放牧灵魂的光线路
常是摇着月亮的黑船篷回来

院外的树都被砍掉枝叶
墙、迷茫和流火的乱蹿之声
上升和下沉,那纯净的空地怎还未被公派
　　人看管
沉寂的引路人,带着年代变奏曲的引路
　　人,闪身呼喊的岔径
眼睛蒙住阴暗,阴暗如展开云霓的羽翼在
　　波涛击拍之上
上面,更高远之路,你像在等待国语诵读
　　的声韵
合成一个失劫的巨大颤声

暗　影

所见的未曾现身,你帮着思想说话
说糊一个人的世界,飞着地窖味的门缝
你,手中握住一只鸟,是比树影高一点的
　　晚光
好好款待着

讲好的
要说到双瞳流出白水泡为止
去掏黑心窝内的稻草,椅子结满伤心藤
向未命名的星飞去,像老病死人醒来,爱
　　在那边发亮

无爱的人列出一份幻想的清单来款待
犹似大海款待太阳的湖泊,明镜款待虚假
你的十指款待慰藉,你,一只鸟,扑腾飞
　　起

就此变更所有飞行的轨迹

天大的
胸怀就此紧紧揽入——宁静弥足珍贵的气
　息
朗读不过以孤单为题的诗赠送你
你说话讲到爱的世界糊了为止,化为轻风
　细雨两翼
忽东忽西,忽上忽下来拍打:即是以这,
　拍打
葬礼般的声韵节奏
好好款待刚从地下室掩门上来的叫不出名
　字的灵魂

　　　　　　（以上四首选自道辉编《诗》总第22卷,2015年）

灯灯(六首)

春　天

石头动了凡心,流水在玻璃上
有了情欲。我在春风中写下:"好了伤疤忘了疼"
一株桃树,突然开口说话:我不销魂,谁来妩媚?
我笔墨未干,和流水论去向
那时,时光忽明忽暗,桃花变脸成梨花
在高高的屋顶,明月高悬
高悬的明月
像赐予人间的药丸。

风吹着过去

事实上我未曾上山,未曾上山
就不能和你一样,领略草木占据天空
是和天空近了
脚在下沉,是和土地亲了
你把身子归还山林
溪流把身躯交给大地
没有形体的溪流,有时,又有着无数的身影
一条鱼,或是一只鸟

它们正以不同的方式在天地之间
万物消融
万物,亦在生长
事实上我从未这样欣慰,风吹着过去
逝去的永不再来——
我所受到的痛苦,已不是
痛苦——
它正轻轻,将未来原谅。

沉　船

被拖上岸的沉船,显然还有救
裂开的心脏
正好可以住进落日。关于水,说话的人
得到了禁言。这艘母性的船
已经想不起
水天一色的日子,鱼在船板上
跳动的日子
这艘老迈的船,现在更像
一个精神病人,同情和责难,涂抹它的全身
它呆滞,一言不发
故乡是回不去了,快要黑下来的天空
鸟自顾自在飞。

月亮和我一样野

月亮和我一样野
它翻过土墙,看见院子里
两株桃树
冬天了

还是桃树的样子
木门敞开,跟着一条小路
进入夜晚深处
在那里,池塘发亮
昆虫加足了马力
关于明天
我们知道得不多
我们需要知道什么?
十一月,某个夜晚
像你们看见的那样
公路上,奔跑着三种事物
只奔跑着三种事物:
我,月亮,以及呼啸的北风。

黑暗中

湖水抚摸星子,松影伸进
消失的昨日。黑暗中,我们沉溺得太久了。
如果我愿意,我可以
坐成一块石头,用切割后的嘴唇
说出痛苦,说出美
我也可以弯腰,树木一样,孤决成
一种爱
而我们在黑暗中,沉溺得
太久了,星光,云层,还有
无数的风,汇聚到这里——
在这里,寂静满山,青草带着光芒
行走
它真绿啊——
翠绿得,就像我们的新生。

恰恰是

雨点完美我的呼吸。再多一滴
就太满了。莲花摆好坐姿,看见鱼
我怀念水。

一大片的水。
在绿洲之上。皮肤之上。一大片的水
在我默想的时候
变成雨。

恰恰是这些雨,爱的雨,恨的雨
轮回中的雨

所有和我一样,在拍打中
获得
教诲的众生
痛一次,就新鲜一次。

(选自《空心之美》,《诗歌 EMS 周刊》2015 年 6 月第 3 期)

多多(七首)

你我之间的广阔地带

两条大河持续亲吻
三朵百合
合用生命的不足
只有一个上帝
还不够

我在我的笑容后面
沉默,我在床
竖起来的地方躺下

我在烟囱内朗读沉默的风景……

独自在黑暗里

你也是,在隔壁
为了语言中绝望的相遇

沉默中,有一盏灯:
触摸是语言,告别是触摸

哀伤还在练习：
结束，也需要热情
死亡还在泄露：别
离开我，别靠近我

坟墓以外，全是黑暗……

读伟大诗篇

这童话与神话间的对峙
悲凉，总比照耀先到
顶点总会完美塌陷
墓石望得最远

所有的低处，都曾是顶点

从能够听懂的深渊
传回的，只是他者的沉默
高处仍在低处
爱，在最低处

让沉思与沉默间的对话继续

（以上三首选自《湍流》2015年，总第5期）

铸词之力

在力之外，在足够处
持续，是不够的幻觉

光,是和羽毛一起消逝的
沉寂是无法防御的

插翅的烛只知向前
至爱,是暗淡的

这是理由的荒芜
却是诗歌的伦理

需要梦与岸上的船合力
如果词语能溢出自身的边际

只在那里,考验尽头的听力

入　屋

但屋在何处
如无终极,就不必寻找

光,大声应着
门后无世界

门内无人
尽头无物

无物才有底
门,是必开的

再次入屋,不为居住

这是一条没有记忆的河

仅让必逝的流动
河若载义,便无法流去

把路交给它
跟上这流动,这安顿

石头开始唱儿歌
母亲已化为山林

从这不归的地点
已能听懂河流的讲述

归于归来

天上无星,桥上无灯

一幅山水,行至自身的边缘
一些似烟似魂的影子,仍在移动

如梦之暗设,古琴躺在箱上
拨它的手,早被斩断

自源头警醒,上一个客人
留在桌上的刀痕,仍清晰可见

破碎时段,要你为
失语世界的轮廓继续弹奏

流逝的顶点,要茶座内的沉默者
就这样解读自己的心

(以上四首选自《诗建设》2015年秋季号)

朵渔(四首)

这世界怎么啦

是谁将羊群赶到白云上吃草
是谁将马群赶到大海上饮水
失去土地的农夫在屋顶上栽种土豆
权柄在握的官吏在鼠洞里隐藏金钱

行乞者啊,不要去富人的门前乞讨
冤屈者啊,不要到法院的门前喊冤

世界,请安静一下,听听
这只狂躁的蝉有什么冤情
它从早晨一直叫到了晚上

危险的中年

感觉侍奉自己越来越困难
梦中的父亲在我身上渐渐复活
有时候管不住自己的沉沦
更多时候管不住自己的骄傲
依靠爱情,保持对这个世界的

新鲜感,革命在将我鞭策成非人
前程像一辆自行车,骑在我身上
如果没有另一个我对自己严加斥责
不知会干出多少出格的事来
尽量保持黎明前的风度
假意的客人在为我点烟
一个坏人总自称是我的朋友
我也拿他没办法……多么堂皇的
虚无,悄悄来到一个人的中年
"啊,我的上帝,我上无
片瓦,雨水直扑我的眼睛。"*

稀　薄

自由,以及自由所允诺的东西,在将生命
腾空,如一只死鸟翅膀下夹带的风

宁静,又非内心的宁静。一个虚无的小人
一直在耳边叫喊,宁静拥有自己的长舌妇

一朵野花,从没要求过阳光雨露,它也开了
一只蜘蛛,守着一张尺蠖之网,也就是一生

我渐渐爱上了这反射着大海的闪光的一碗
稀粥,稀薄也是一种教育啊,它让我知足

自由在冒险中。爱在丰饶里。人生在稀薄中。
一种真实的喜悦,类似于在梦中痛哭。

---

* 引自里尔克《马尔特手记》。

厌弃：致里尔克

你爱过她，并且还爱着她
但这婆娘一直在惹你生气
你睡过她，并且从她身上
睡出了一片海，几乎还是个
少女，但厌弃感从不曾离去
爱是上帝从孤独中伸出的
一根稻草，只有薄情的天才
才能将这根稻草抓在手里
就像抓住闪电的尾巴
只有冷血的柔情，才能离开
这些天使和尤物，婆娘和少女
她来了，像一头鹿在等待猎手
鹿眼里满是清纯和无辜
一个声音却在催促你离去
像大雪远赴群峰之巅——
你走后，闪电刚刚消逝于田野
黑暗如雨水一样被摊平了

（以上四首选自朵渔《这世界怎么了》，
《诗歌EMS周刊》2015年5月第1期）

发星(四首)

女　泉

你的泉水只有在清澈的山林中才清澈,你陷入山林植物八月雨水的疯长,你流出你月色的精魂,你的泉水带回山林对你裸体干枯的血补,一根野草,一片野叶,一颗黑泥,一粒鸟声,一片野阳光,一片黑石头,它们都将撕开你褪色暗黑的彩裙,给你还原你最初的山草绿,叶嫩黄,泥黑朴,红血火,让你在你裙中是阳光燃,山风响,雪色梦,神女奔,你进入密林,是进入原朴亲切的家,你从阴唇中自然流出的清澈的月色的水液,只是一次向大地母亲敞放的一次小小的自由。

新　夜

你是我的新娘,我黑色如铁的目光在你起伏的丰乳上奔过你没有一点点惊慌,你展开在油灯黄光中的胴体散发秋野山林饱满的金黄熟香,那些重沉的果子压弯了树枝,在树枝上欢蹦着山风的野荡,那些山泉在山谷深处散出月光柔和的体温,一场风暴将从我伸向你的粗糙双手上开始,这风吹光你薄薄的内裙,这风吹光你四野燃起的红色霞光,吹出你露在山风中的黄金灿灿的发烫的玉米。

吹　灯

　　吹灯之后,我抚摸你起伏的群山,和群山后面你的那片潮湿的嘴唇和潮湿嘴唇后面你潮湿的山谷,和潮湿山谷后面潮湿的山谷黑色嫩草,和潮湿山谷黑草后面潮湿的山洞,和潮湿山洞后面我们潮湿的呼吸,我们潮湿的呼吸后面一千只野狼和一千只野虎在潮湿的山谷中来回狂奔,一千只野狼和一千只野虎在潮湿的山谷中来回狂奔之后群山的月色轰得一声巨响轰塌下来,群山的月色轰得一声巨响轰塌下来后面,大地一片寂静。

搂　欢

　　看见你起伏的胸部和你圆浪的丰殿在我眼前晃闪,我就狼烟四起,我就火血喷张,我就冲向你冲向你冲向你,搂住你和你的丰乳和你的丰臀,进入你最柔软最温暖最焰火最月色最嫩鲜最草质最根湿最宽远的的黑暗深处,你瘫软在我粗蛮的搂抱里,你倒向土墙野草的金黄阳光里,那些从猪圈中惊出的野猪,长嘴利齿的野猪,听得懂你的惊叫,更听得懂我眼睛中奔出的焰火洒在它们身上的焰火。

(选自《大荒》第 1 辑,2015 年)

冯娜(三首)

一个白族人的祝酒辞

山上若是还有豺狼　请它进屋
山上若是还有松茸菌　请它烤火
山上若是还有听不懂汉话的人　请他饮酒
我不知道你们在他耳普子山活了多少世
我也活成了一只没有故乡的猛禽　大地上的囚徒
请举起杯中的吗咖酒吧——
水若是还向东方淌去
命运拿走的　他留河会全部还给我们

杏　树

每一株杏树体内都点着一盏灯
故人们,在春天饮酒
他们说起前年的太阳
实木打制出另一把躺椅,我睡着了——
杏花开的时候,我知道自己还拥有一把火柴
每擦亮一根,他们就忘记我的年纪

酒酣耳热,有人念出属于我的一句诗

杏树也曾年轻,热爱蜜汁和刀锋
故人,我的袜子都走湿了
我怎么能甄别,哪一些枝桠可以砍下、烤火

我跟随杏树,学习扦插的技艺
慢慢在胸腔里点火
我的故人呐,请代我饮下多余的雨水吧
只要杏树还在风中发芽,我
一个被岁月恩宠的诗人　就不会放弃抒情

寻　鹤

牛羊藏在草原的阴影中
巴音布鲁克　我遇见一个养鹤的人
他有长喙一般的脖颈
断翅一般的腔调
鹤群掏空落在水面的九个太阳
他让我觉得草原应该另有模样

黄昏轻易纵容了辽阔
我等待着鹤群从他的袍袖中飞起
我祈愿天空落下另一个我
她有狭窄的脸庞　瘦细的脚踝
与养鹤人相爱　　厌弃　痴缠
四野茫茫　她有一百零八种躲藏的途径
养鹤人只需一种寻找的方法：
在巴音布鲁克
被他抚摸过的鹤　都必将在夜里归巢

(选自《坡度诗刊》2015年1、2期合刊)

冯晏(一首)

莫斯科新圣女公墓

脚步声轻与重,墓碑都容纳了
浮雕群,每一处刀法都是再现
你继续被生活放生,正走在蝴蝶中间
光线点亮头发,黑暗又被减去一寸

在野草与石碑空隙之间,静止
或者游荡,风——墓园的宠儿
是与非,被清风化为汁液
时间被吸光——黑豹的饮品,不远处

你找到了契诃夫。白色石碑
仿佛一只波斯猫,坐在野外
碑文雕花,藏在几束鲜花身后
护送四季远行,慢慢留恋

地心,泥土。穿透万物
对于灵魂来说,轻而易举
在契科夫对面,《死魂灵》入口长满芳草
为了果戈里,特朗斯特罗姆用诗句

打碎过圣彼得堡,犹如打碎一只水晶玻璃杯

那只狐狸,一朵白云继续出没
墓园,土地就是夜空
沉睡者在地下,只听石头倾诉
如同倾听读诗。淡去,是一种真
仿佛魔法,仿佛空气……

另一个角落,咖啡色名字
陷入夕阳,肖斯塔科维奇《列宁格勒交响曲》
低沉,回响伸向莫斯科街道。你听见
子弹穿过鸽子,哨音飞回历史

借此,你又认出一个青铜塑像
——波克雷什金,军服左上方
靠近心脏,英雄星章突起
是谁雕刻了战争?染红眼睛
接着,你右手遮挡夕阳,透过玻璃
黄色屋子内,柴可夫斯基
白色十字架正在发光,并瞬间
照亮你和世界。隔绝噪音与旋律
——他立了遗愿,安静属于他,你打扰了

你还是看不清放弃生活,都需要哪些
在这里,气息幽深而神秘
接近精灵。两个字就能给与——无限
逝者如石林,在空间站立,低语
无形无声,犹如宇宙——守护一种踪影

你耳朵贴近石雕,未必能听见

冯晏(一首) 81

逝去犹如活着的声音。你弯身
听一根草破土,为证明
来生在地下微动。你献出了整个午后
放弃肉体,一根鱼刺,就是你要的词

身体因怕疼痛,冬季藏起关节
而在这里却不用,一片归宿
每一寸黄土,爱与愤怒都平息下来
在这里,直觉随处栖息
自由就是放下更多,除了基因

拿去吧,僻静。一群蚂蚁带杂念退回沙洞
戒律在小路上投下树影,"逝者如斯夫,不舍昼夜"

涅瓦河有一个梦中渡船
上周就停泊于行程列表——明天四点
舱内第二排座椅上,有一个人将是你
圣彼得堡时光——还在路上

在路上,你朝拜墓地,时间时而是相反的
黄昏闭紧一只黑喜鹊的尖嘴
或许,明天即将淋湿你的一场雨
正在这儿产生。你感知着

视线和嗅觉仿佛被忽略,有些可疑
然而,你更容易看清的是黑暗
而不是光辉。是的,在这个下午
并不需要清楚什么,你只需要感知

(选自《汉诗》2015 年第 3 期)

扶桑(三首)

记 梦

我梦见一个奇异的名字,薄丘伽什
这是谁,为什么进入我的梦?
我梦见一个陌生的秃顶男子,引我
行走在异国的街道,那似乎是
德意志的初冬。他从黑大衣的口袋
递给我一本薄薄的半旧诗集
那雪的诗行我多想展读、多想铭记——
这时我醒了,书名和作者都已遗忘

赞美上天的赐予

一个女人应该配备
三匹马或三把剑:
美貌,才华,和智慧,
我有一匹
瘸了的老马,一把豁了口的钝剑

但,从未像此刻
我想赞美上天的赐予,他给了我这双

手,丰满、柔若无骨
它并不美丽,然而带着上天赋予的体温
不会消失

白色生涯

我的恐怖是白色的
它穿着一件医生的制服

许多个夜晚,梦也索性不做了
被肿胀的脚趾搬运

回家的躯体。仅仅是躯体。
而钨丝般的疲惫仍在埋头值班。

所以,说话
是多余的。思想更是。

机器？牲畜？
我在我的子宫里怀着呕吐——

月亮,无法在动荡不息的海面保持完整
心,无暇成为它自身

(选自《诗歌月刊》2015 年第 12 期)

高璨(两首)

城 墙

城墙斑驳
像秋末或初春的树
最好还开些零碎的花
揉进青砖
路灯背面总是飞雪

古城总得有些不同
比如可以在庄严厚重的城门洞里卖菜
只怕回首误入大唐明清
比如可以在世纪前暸望军情的空隙望见灯
红酒绿
只怕当风声为霍霍乱箭

凡遇见必有感悟
重叠时空
我们借用了你的光荣
花灯之处旧年燃着火把
你保护的城早已易主

茶

一杯茶水里
我看见茶叶的前生
清汤寡水的大半生记忆
都住在绿油油的山坡上
最后的命运它自己都无从得知
是我的味觉

有时甜在舌尖
有时苦到舌根
有时滑的像一条鱼冲下瀑布
有时涩如农夫死守自己的土田
它在水中
踮脚站立　静静平躺　或慵懒斜靠

它到底有着怎样的一生
它到底想讲一个什么故事
用那种独一无二的色彩
和香水之外的历史
写一首永不荒芜的诗

最后一声温柔被茶宠记忆
遂体温渐渐冰凉
若多年后　你带着你的茶宠
去那些山坡
那些绿油油的茶园
它一定有所回想
若它拥有言语定会开口讲话

它一定叫得出它们的名字
使整座山坡蓦然回首
那些前世的春夏秋冬终于抵达

(选自自印诗集《白雪茫茫》,2015 年)

高彦平(四首)

罂粟花

荷马写史诗也写罂粟,称为忘忧草
这神赐的花,飘忽着魅惑的眼
漫山遍野的彩蝶招手
扑蝶人无法抵挡的诱
几千年中让人忘却痛苦和恐惧
人性恶,战争的借口,与浓郁花香无关
中国自豪的炸药发明,诺贝尔的悲喜
毁灭了迷幻中人的生命
天使依然天使,魔鬼化身只见于着魔的人

荻　花

荻花总现于夜间诗人的眼、元妃的笔
轰轰烈烈的元妃省亲便把"荻芦夜雪"留给大观园
身在夔州的杜甫,每至夜晚望北斗望月亮找京华
发现照亮藤萝的月,已映洲前芦荻花
白居易夜晚送客,让枫叶荻花相随
茫茫荻花挥起素手惨将别
却不意召来半遮面的琵琶女,未成曲调先有情

送客行演奏成千古的琵琶行,至今声闻浔阳江头
原上荻花飘素发,蓦然回首,白了少年头

曼陀罗花

石榴裙一样妖娆的五棱花
受了神与魔的共抚,花色大起大落
舞动着妖冶火焰
不舍昼夜降落佛国,遍地缤纷
佛经解释为适意,见者愉悦
开在《本草纲目》
笑采酿酒饮,令人笑;舞采酿酒饮,令人舞
刮骨疗毒,关云长的蒙娜丽莎微笑
迷幻理智成为感觉的俘虏

曼陀罗花使生陶醉,将死媚惑
一把钥匙打开分割天堂地狱之门的铁锁

木末芙蓉

屈原让小山神乘了你的车
李商隐亦几度于你的舟上瞭望
惊喜"不知元是此花身"
华贵雅洁的车舟,帝子云中不可招

仙骨仙气,花似箭莲又似玉兰
静如处子,摩诘向往之
"涧户寂无人,纷纷开且落"
远离尘嚣的大自在

云蒸霞蔚的灿烂毕竟遮不住
一涧的花开染红晚云
唐时的一场霓裳羽衣舞

(选自自印诗集《曼陀罗花》,2015年)

戈多(四首)

自画像

一辆挖掘机在钟表内部工作
掀开头盖骨,扯断野草的根脉
袒露出被遮蔽的真相。这些
锈蚀的零件是石块和朽木
在拆毁中说出一些惊慌的恐惧

这些泥沙被搬运建筑别人的房屋
而我的房屋随惊慌已坍塌,我哑然
作案现场竟成为
一个墓坑。供出主谋竟是自己
我直挺挺地跌落进去

一只大鸟扇动翅膀

一只大鸟扇动翅膀,引擎强对流
悬浮起词语高速运转
令那些平日里的盲点防不胜防
我在熟睡,只有那些词语醒着
渴望临盆,用四肢

在丛林间飞跃,从一棵树荡到另一棵树
而此刻吵嚷着
掀开我的肉体,让我用
第三只眼看到自己的羊水
我知道,纸是包不住火的

黄昏读博尔赫斯

一条谜语伸进梦里
连枕头、窗帘、书籍都沾染上神秘气息
诗集很适合醒梦,顺手摸到
博尔赫斯。泛黄的纸页
有着另外一种光泽,与窗外低垂的光线
很相配,互为因果。顺着这个
盲眼智者提供的线索,摸进一座
隐秘的后花园:循环的楼道与机关,以及
大理石墓碑的光泽与阴影。而园主竟全然不知
这个善于炮制梦魇的老头,诱拐
营养不良者乐不思蜀,百无聊赖中打发时光
丢给尘世一口空旷的嘴巴,以及荒芜的下巴
这些零件被扔在河滩上,而窗外
滑落下的暮色很快就将它们
纷纷拉下水去

夕光中的荷马

整个下午都未见分晓,直到
夕阳打湿经卷
天空血流成河,战争白热化
灼烧着眼睛与耳膜

修辞学得以丰饶,词典里的条目
开疆辟土:海伦。一个金苹果同时
被赋予另一层含义,卖神的关子
被丢在一旁空了的木马,被
海伦的倾城史打造成 LOGO 标志
阿基琉斯。阿伽门农。赫克托尔
帕里斯。普里阿摩斯。奥德修斯
夕阳中的火并。男人们的事业。夕阳深处
石雕出来清癯的行吟者,盲眼的荷马
闪耀面庞的质感,钩沉出来一部佚史
用来喂养歌喉。金色的喉咙
激昂着。身体宏大起来
白胡须腾扬起一匹鬃马
刹那间,夕光中的荷马失而复明

(选自《建安》2015 年第 2 期)

耿占春(四首)

贼的故事

寒冷的深夜,一个人在大佛塑像下徘徊
终于攀上佛像的肩头,试图取下大佛发髻
镶着的金子。可他竟不及佛的耳垂
恍然,佛像垂下了头,慌张中他抓获了金子

许多年后,一个贼成为佛的一个信徒
千载之下,我们再也难以成为幸运的贼
更难成一有信仰的人,因为祖国的土地上
众多的佛再也不肯垂示一点点神迹

哪怕把你平伸的施无畏印的手弯一下
小拇指,或对这个以贼为师的世界眨一下
你慈悲的眼皮,贼、人都将改变。然而
在平淡的岁月里,谁都能够像佛本身那样

在一个贼人的非分之想面前,再次把头垂下
假如金子还在那里的话。因此我同意
这个故事的寓意而不是故事本身。或许
相反?我喜欢这个故事,而不赞成它的寓意

一个故事

两个狱卒进入牢房提审犯人
那人正往墙上涂鸦
他画一列火车穿越山洞
"请稍等,我要看看
火车里有没有我的座位"
狱卒相视而乐。他
变小了。从壁画的隧道里
远去的火车冒出一团烟雾

这个故事我要再讲一次
在虚拟的纸页上,我的一生
渐渐消失在错行的
诗句里,多么
遥远。说与沉默
同时留下我的
逃亡和返回的路,并且
再次避免了现实的提审

低　音

一个人在受苦,只是
一个人。孤单地。古今竟无一人

现在对你说话必须低音
轻易能够说出的安慰实属卑鄙

一个人在受苦,朋友们

只能缄默。张口
就会有谎言。而沉默如同背弃

不能这样对你。你一直要求诚实
生活。现在这样的时刻
过于冷酷,它来临

而你此时经历的疼痛,绝望
怀疑,丝毫不具个性
一种古老的风俗

我已开始看到自己在那个时辰里疼
并且想象我的尊严是否溃败

众多英灵,以及同一家族
无穷的逝者,他们超越了琐碎
拥有永不再疼的灵魂

比所有生者更单纯,甚至伟大
他们站在身后,仍不能使人不再
惧怕:无论肉体的疼还是灵魂的湮灭

也许一个人可以活到那样的年龄
可以对迎面来的说,是你吗?
我已原谅了你的陈规陋习

一个人要抵达,只是
一个人。嘴角挂着嘲弄的宽容

往生书

他们到达村口,路与桥面
堆满庄稼新鲜的秸秆。山间散落

几点昏暗的灯盏。不知名的夜鸟
啼叫。远。近。探测山的轮廓

秸秆堆上,他们轻轻呼吸
稻谷温暖的气息,听桥下溪水

流过,他们的另一重岁月
此刻他们看不远,也不知道

往事的尽头,山村将会消失
友人将已亡故,诗句会被写下

不知何故,升起一轮
满月,从溪谷的尽头,山口

缓缓敞开的地方,月光照上
他们无知而幸福的脸

此刻他们无知,他们无知地
看见,山坳里,已熟睡的村庄

(选自《诗建设》2015 年冬季号)

谷禾(五首)

飞蛾扑火

灯光一点亮。飞蛾扑过来。

这么深的秋了。灯光一点亮
飞蛾就扑过来。吻那火。吃那火。叮叮当当。

你看那一盏灯光。你看那一只飞蛾扑过来。
你看那十只飞蛾。
你看那一百只飞蛾,扑过来扑过来。

更多飞蛾扑过来,纷纷落在灯下。
如一场飘雪,
它着火的身体有焦煳的味道。而灯的火苗更旺。

而窗外投下星光的影子。
而那灯从何处亮起?一盏灯光,把黑夜变了屠场。

灯光里,我一动不动——
……我在等待那光燃尽。我在等待那身体之光燃尽。
再也不见我身外有一只飞蛾。

……而屋子也消失了,而黑夜
归于黑夜……

鲜花宁静

鲜花开在那里。鲜花
宁静

鲜花开在原野。鲜花
开在山坡
鲜花开在孩子的眼睛里。鲜花
——开在墓地

风吹……风不吹。鲜花,如此宁静

大地渺远。天空无限
活着与死去的人,一次次从芳香中走过

合唱者

从睁开眼睛,我们出生
在一个合唱的大家庭,唱出相同的声音

我们玫瑰的表情,花瓣的嘴唇
千万人一起合唱,如同一架掠起的超音速飞机

在一支看不见的魔棒引领下
"我"淹没在"我们"之中,从剧场到天空下

童声消失了,我们用清澈的眼睛合唱

青春的河流干涸了
我们用老年空茫的道路合唱

向黑暗的人群,向风吹稻浪
向明灭的灯笼
向收割后的田野,向雾霾和落雪
向骨头的死亡之舞
我们一直合唱:肉体渐渐消失了,教堂也没有出现

永远的合唱者!我们没有自己的名字

(以上三首选自谷禾《带一首诗去郊外》,
《诗歌 EMS 周刊》2015 年 8 月第 2 期)

春的花

先说梅花吧——寒风里
开了:红、白、紫,一枝枝随风
摇曳。它闪烁,羞怯,
给你新生的憧憬。接着是迎春,
一树树灿烂的鹅黄,没人拦得住,
在路边,在街口,在空地上
在第一缕春风里,它开得欢畅。
但你更爱乡间的野花,
它无名,先于玉兰、桃李、紫荆,
星星点灯,从少年脚下,
开向遥远,像一个懵懂的梦,
一段不知所终的爱情,消失了,
或开在沟坎、崖畔,寂寞无人知。
至于桃李和紫荆,它映红了

游人的脸庞。至于梨花,
它压弯了海棠。而蒲公英,撑伞
飞起来了,杨柳开花,
乱了你的眼。而荠菜开花,
香留你唇齿间,水葫芦
带来一塘蛙鸣,细密的苦楝花
开亮了屋顶,和出村的路,
它为生者守望,为死者送行,
为空心村,举行一场寂静葬礼。

说过的话

话说一千遍,苦和涩
消失了,而甜蜜加到一千
甚至变成炮弹
瓦解了铁石心肠。比如说"我爱你"
加上玫瑰、许愿树、物质生活
她上了你的船
与你风雨共济,白头偕老。但总有一天
还要分开,隔着黄泉
说过的话,再说一万遍,听回声嘹亮
她形同陌路
从前的日子,浆果流传,漫山遍野
尽饲于鸟雀。草莓丰盈的
嘴唇,沿街叫卖,在风中凋零
真理被绑上
火刑柱,烧成了灰烬
地球依然绕太阳旋转
瓦砾堆砌,也没响起一秒钟的黄金韵律
被众生齐呼万岁的人

谁活过了百年？泥土里流浪的骨头
从不曾照亮生者的黑夜
那个一万遍说"我爱你"的人
于今安在？而我只许诺一棵青草在你手上
一滴光在你心里
说过的话，在你的沉默里，叠成一座山
压得我喘不过气来

（以上两首选自《诗歌月刊》2015年第7期）

古筝(两首)

一个梦里的房间

闭上眼睛,犹如关闭一扇世俗的门,
走进另一扇门。

闭上眼睛,倾听吧!
让你的心也闭上眼睛,如一朵花
温柔地合上她的花瓣。

闭上眼睛,便可以触摸到虚无的唇,
那温润的,动情地
唱歌的唇。

闭上眼睛,白昼便不会醒来,
歌声也不会落地。

闭上眼睛,便可以和幸福厮守在
一个梦里的房间。直到整个夏天
变成一首歌,直到唱歌的人
已不在身边。

手指上的星空

在坚硬的世界里
更坚硬，在辽阔璀璨的夜空里
更璀璨。它有深邃的眼
一千年凝眸，一万年
深情
它天长地久的光耀，映照出夹竹桃的笑靥
西塘粼粼的波光

它是我左手中指上升起的一片星空，并将
永恒占为已有

多么耀眼。太阳反射它的光
那从未抓住便消失很久的一道闪电，重又到来

甚至在每一次凝视时
它便照亮心的每个角落，通透的光
让阴影无路可遁

（选自《大象诗志》2015 年第二辑）

广子(三首)

礼物(或雨中漫步)

闪电扑向阳台,而乌云只想待在高处
阴暗、潮湿的街道上
没有谁,会在意我的悲伤
除了一把伞,没有谁会承认
自己是一个被淋湿的人
雨从街道一直下到公园里
在雨中,没有谁会关心
一棵树的悲伤。没有谁会在意
树叶像闪电身上的鳞片
这些小伞一样发光的树叶
有一瞬间,几乎要把我照亮

魔鬼礼物(祭外滩)

跨年多像劈腿。仅仅十分钟
外滩的节操就碎了一地
稍晚一些,你们本该在台阶上
遇到翻越围墙和栏杆的天使
或者干脆再早一点儿,我也不信
倒计时的钟声会惹怒黄浦江

他妈的,谁知道你们还约来了
喜欢围观和踩踏的魔鬼
十分钟尖叫,足够一次死亡的高潮
尽管你们并不爱玩这种游戏
尽管你们倒下也能看见现场很乱
但站立的时候从不关心世界多么拥挤
而我也无法代替魔鬼向你们道歉

礼物(或记梦)

像一头灰熊转过身来
黑夜挤到墙角,梦境向现实迈进
第一次亲眼见到这家伙
我有些吃惊。也许是光线的
缘故,脸色比照片上灰暗
光头嚓亮,身材粗矮
的确很像一头传说的熊
我很奇怪,在梦里他一直写信
而不是写诗。也有一些情节
大概与耳朵有关。接着
在一块黑板上,他还给我
写了一封信,语气像一个老人
字迹像告别。最后他说
"到北京找我,去昆明找他"
这时我看见旁边有一头
大象在等他。我在梦里疑惑
灰熊和大象怎么会在一起
但没有叫出声。醒来后
我发现世界是一片灰色的背影
很快又发现,我把梦做反了

(选自《诗歌月刊》2015 年第 9 期)

海岸(三首)

灯 塔

冬夜的江岸无声,少有人外出
我独自在梦境阅读家园
蓦然抬手触及天堂,即:
一束光明源自你,灯塔!

刺破夜色的光,因尘埃而飞翔
遮住整个航道及飞虫
即刻包容万象,抚慰心灵
恒远的思虑略显沉重

宁静的航线一侧
停着一条收帆的船队,桅杆
犹如激情燃尽的残骸
无暇顾及你的视线
它们已到达商业,抵达目的地

我淹没在人流中,险象环生
奔腾的流水无处可攀
手臂只想努力挥动:

"灯塔,在这,能看见吗?"

我能看见你,灯塔,如此的幸福
触摸你的光芒更是一种奢华
而另一种奢望,便是进入内部
点燃内心的黑暗,你我的自身!

坎大哈

一个逃亡的女人穿越沙漠
她要去坎大哈
拯救一个濒死的灵魂

沟壑之上,黑色的落日悬空
无人知晓
她能否到达目的地
是否有足够的时光抵达内心

自由的旗,飘在破车的一角
诚实的布加遮掩一切
死亡近在咫尺

沙漠深处,阿訇的经诵传来
别哭,真主宽恕一切
赐予我们所有
他浓密的胡子向下,直抵恐惧

一个孤独的女人正穿越沙漠
哭泣的骆驼
给她一个坚持下去的理由

灾难并不遥远

灾难并不遥远,硝烟
高过摩天的大厦
无处可逃的灵魂,夹杂着血肉
往西方的低处飞翔
从惊骇渡过痛楚,抵达仇恨
思想不断走向行动
死亡永远那么简单而又纯粹

东方的山地蜷缩一颗忧伤的心
原罪压弯温暖的脊梁
浸染体液,血色更凝重
那瞬间的明亮让众生举首
让迷惘的双手松开腕中的利益
活着的目光转向内心的善良
深入事件突发的缘由,深入海洋

噩梦飘洒的广场上空
断线的手机声久久不散
更多的泪留在洋面,更多的
饥荒与无家可归
远在罪行潜行的生活之上
灾难,并不十分遥远
和平之路远未抵达自由的心灵

(选自《北回归线》总第十期,2015年)

韩东(四首)

记 梦

梦里,我没有得到最好的礼物。
最好的略略向我展示一番就游走了。

我没有得到最好的礼物,
却意外地收到一句话,

不是"我爱你",
也不是其他的说法。

梦里有强烈的光线,飘着极鲜亮的物体。
所有的呈现都是柔弱精壮的。

有很腥的气味,很大能的情绪。
神谕震耳欲聋,却没有边际。

我无法记录那伤我至深的,
安慰我的思想亦如潮涌。

看见过一尾美丽的鳞片发光的鱼或者龙,

略略展示一番就游走了。

墓园行

如果你走进墓地,
就知道那儿比市场开阔。
如果你看见石头的座椅,
就知道人间曾上演繁华大剧。

如果你为坟包的起伏而晕浪,
就知道生的海洋和死的无垠。
如果你悲伤,就捏住一棵小草哭泣吧,
这是值得的,也是允许的。

如果你思念母亲,那就思念所有的死者,
思念死者,就停止追踪活着的人。
如果你牙疼就吃止疼片,
心疼就把心抛弃。

如果你疲乏了,那就走得更远些吧。
孤单了,就当自己从未出生。
如果你饥了渴了,就伸出一双叶子样的手,
阳光的灼热和雨水的冰凉会印在上面。

写给亡母

你已上升到星星的高度,
之后隐匿了。方向东南,
于是我仰望整个东南天空,
想象你可能下降的地方。

那儿有丛林围绕的快乐生活,
那里的炊烟将迎接你,
就像我怀念的香烟袅袅不灭。

愿你新的一生安好,
享受赤脚奔跑的解放。
愿平凡和朴实伴随你,
在清澈的穿村而过的河边。
你是一件完整而崭新的礼物,
献给世界和你自己。

愿你的墓穴已空,
消失的夜空晴朗。
愿你收回回望的目光,
那最后的光焰短促
已使用你消声远离。

炎夏到来以前

炎夏到来以前,这是最后的凉爽。
双亲的墓地已被巨草覆盖,
是去看看的时候了。
天空从未有过的深湛,
到晚间月大而圆,
趁你还有一双亮眼,趁你的腿脚
还能走遍四方。

丢弃思想的重负吧,
就像丢弃思想本身。
那杯摄魂催命的混酒也不要再饮。

让阻挡你的古代城墙倒塌，
让心中的块垒如白云高飞。
让疼痛停止，说出否定之语
就像上帝说出肯定之语。

（选自《诗选刊》2015年第3期）

寒烟(四首)

杯子，空着

在夜空深蓝的幕布下出场
高脚杯，我感官的芭蕾
一个或更多的姐妹
在尊卑的帝国，被裁缝的节奏控制
晶莹，来自深渊的纯粹
足尖更宜于砍削礁石
谁比谁更尖锐？

引颈！引颈！
闪电的弧线优美，残酷
高度已接近虚无，破碎——

今晚，我们的男人都不会回来

完整的腐烂

我有那么多时间用来腐烂

首先，是怎样成为供果的

——这枚果子已圆满至单纯
从内到外,被吉光照彻
心无旁骛,只等待腐烂
第一颗霉斑在空间的敌意中形成
已取得释放的许可证
魔菌:死亡的狂欢
繁殖:空前的事业

如此浓烈的芳香,不是来自
玫瑰的腹股?
一百个春天的浓度。腐烂
在酿造荒凉的蜜

有一天,当我老了
你要来到我的桑园
倾听那巨大的寂静的衰亡
"我是因为爱你才来到风雨桥的
我已爱完每一滴血液。"

真实的幻像

现在,头发的风暴熄了
更凶猛的注视把我推到镜前

我的身体,比真理更难以描述
当它折叠于镜中的迷宫,暗动的小火
是否预示着一头野兽的凶险
胸前披覆的荆棘也是玫瑰花枝
谁敢于触摸这样的开放——
拔起妈祖庙的龙卷风

我再也找不到这样的身体：
比灰烬还要纯洁
比火焰还要放浪

打 开

第一个打开那扇柔软的门的人
必被血红的罂粟纹身

我已忘记那个夜晚，那献祭的仪式——
多年来这血光，像一条灶火的禁忌
我已用阴间的红土把它掩埋

来自《山海经》的女人
要赤脚走过多少荒蛮
才能赢得虔诚的宝石

让无所不在的地平线低些，再低些——
才能被任何异己的魔法撬开
被任何无名者泼洒黎明

（选自《湍流》2015年总第5期）

红布条儿(三首)

布　施

这是多年以后。在火种熄灭以后
我唯有这副肉身。她薄如白纸,却尚有光泽
现在我将此肉身布施出去。给蚂蚁
给饥饿而亡的众生。
给贫瘠的土地
给龟裂的河床
给枯瘦的植被

众生需要的,就是我所拥有的。
我需要一个仪式将她们布施出去。配合着雨水的滴落声声
配合着狮子的眼泪

我必须在夜里。
含笑端坐。周匝无人

无　题

现在是 2012 年的春天,听说很多地方飘雪。
你说过的话就是一场洁白的雪。而我的云南那么温暖

动一动心思,花就全开了。
我的身后是一座空山
空山之后才是花儿
隔着一座山,我和花儿就隔了一生一世。
你当然不懂那簇艳丽的深深寂寞

陪葬品

我还是想要一个爱情,我死了
爱情就不死了
我请求所有的人都要原谅我的狭隘和自私
我死了,我的理想跟着毫无意义
我的悲悯是饭桌上的一段笑料
谁也不要记住我的好
要记住我是个坏得出色的女人
语言出色,相貌出色
镂空的心事出色
所以,请把一个出色的爱情给我

(选自于坚编《诗与思》第 2 辑,重庆大学出版社 2015 年)

侯马(两首)

十九个民工

十九个民工扛着铁锹
不,是五个民工扛着铁锹
不,五个民工可能也没扛着铁锹
不确定拿什么工具在桥上干活
两个打瞌睡的民工开着拉渣土的卡车
卡车一下把五个民工撞下桥
又撞在栏杆上
两个打瞌睡的民工连同一车渣土
倾泻而下把五个民工埋里了
救援人员迅速赶到
决定把人尽快挖出
他们找来了十二个民工
十二个民工扛着铁锹赶来了
奋力铲挖
很快挖到了没有呼吸的七个民工

致未来

我把孩子

送进了寄宿学校
久久徘徊在童话般的宿舍楼前
心中一千个不放心
一万个恋恋不舍
孩子表面服从
心里是他还不会表达的无奈
临走前一次又一次拥抱
他站在床上两只小手搂着我的脖子
说：
我就是不知道在学校该干什么？
我眼泪差点掉下来
脱口说
孩子,记住
如果你想上厕所
就一定要去上厕所

（选自《读诗》2015年第三卷）

胡茗茗(四首)

初 恋

一生也不会忘记他眼中的杀气
那是最后的寒光一闪
从此,我由一脸阳光的疯丫头
变成一个哭不出声的女人

这,就是我十九岁的初恋
有关十九岁的葡萄皮
啐到地上的
就剩这么多

偶尔,也会
猝不及防,吐我一脸

出不来了

我倒在一朵花里,出不来了
满身都是蜜汁、蕊和性的味道
步子蹒跚,翅膀很沉

小蜜蜂呀小蝴蝶,你们飞到别处吧
我真的不是会动的罂粟,或者
会吹奏的喇叭花

五月的风啊,你让我昏昏又沉沉
细雨不会淋湿我,一层又一层的花瓣
我是心中之芯,囊中之囊,那么饱
那么满足,星星也会低下头来
看着我,打呼噜

有关身体的一些反应

必须,匆匆挂断电话
必须,将手伸进裤子口袋
在那个部位,偷偷摁一摁
停一停,左右张望
然后,才敢大步走
大步,朝我的方向走

天要下雨,黄昏很黄
而一个面带微笑低头走路的男子
他的背影都在发光

哦,我的天!
大雨来得真是时候

(以上三首选自胡茗茗《行与行囊》,《诗歌 EMS 周刊》2015 年 7 月第 1 期)

大湿地

被天使吻过的绿草地,让风一吹

天下人的心开始有点乱

翠鸟高过猛虎,安静大于逝水
寸草连心将湿润团团围住
怎么能够那么绿

我像饥饿已久的羊,只顾埋头啃噬
不觉日头西斜,欢喜心多于想象力
只有牙齿愈发锋利,吞咽大美
亦被大美所吞,一直到
那么多那么多的绿
瞬间变成一片白

　　　　　　（以上一首选自《建安》2015年第2期）

华清(四首)

枯　坐

他梦见自己身体里的水
在减少。这种干枯是一个过程
现在他还有水,只是坐着,水并不发出哗然的响声

他更静下来,终于听见耳边有轰响的声音
那是血液在流动,经过日渐狭窄的上游
像黄河上的壶口瀑布

他看见时光的沙漏在一秒秒流逝
尘埃在空气中迅速变大
光线弱下来,但也发出奇怪的沙沙声

他听见了塌陷无声的
巨响,以及更深的静寂。他望见时针的骨牌
正一步步接近跳水的悬崖

他仍然坐着,坐了好大一会
他看见自己的一半慢慢倒了下去
但另一半晃了晃,最终又慢慢站起

致 1976

一月,他丢失的魂魄游荡在乡村的土路上
原野上想起了陌生而悲伤的乐曲
二月里,家中刮过一场龙卷风
年轻女教师的到来,让母亲
在挨了一记父亲的耳光之后放声大哭

到了四月,令人惊惧的口号声让他常向北瞭望
疑惑那抑扬顿挫的广播究竟来自何处
六月,在小河游泳的他目睹了两具尸体
一具是夭折的童年,腐烂后被装进一只塑料袋子
一具是女教师的幻象,赤身裸体
躺在铁路桥下的涵洞里
后来他知道,这是两个互不相干的噩梦

九月里,在田野为公社割草的他
镰刀从水中勾起了一只骷髅,随着他
一声惊悚的尖叫,天空里哀乐再次响起
转眼到了十月
他的眼疾终于痊愈,一场群殴之后
他突然不明不白,被告知了胜利,敲锣打鼓
参加游行。那时他知道,自己作为人民的
一员,会有必将胜利的一生

(以上两首选自《人民文学》2015 年第 1 期)

疾 病

"河流坐在血椅子上"①
这头未曾驯服的兽,安静的表情里
潜伏着力量。河流拍击崖岸
积蓄,木头蜕化为软体的动物,但张开
章鱼的指爪,或触须,举向你

黑夜潜入白日,叫做霾,一种新的
宠物,或病毒。人类的气力已耗尽
智力被追赶得苦,如被狂奔的疯狗盯牢
此刻它化身为绮丽的图形
家居的装饰,带上羽毛,金冠,铠甲,脚蹼

它来到你身上。如同故交
或腻友,娼妇,贼,妖,潜入家室
手执利器,或贴身软体,斗争的结果是
同归于尽,或彻底毁灭
你自己

一车旅行的猪

在抵近年关的斜阳中
我的车子驶近它们,与它们并肩
行驶了一分钟,我看清了这是一群
几近冻僵的猪,在它们毕生唯一的
旅行中。哦,它们粉白的皮肤

---

① 加拿大诗人蒂姆·利尔本(Tim Lilburn):《黑暗之歌》中诗句,西川译,未刊。

在高速公路的寒风中,显得愈发红润
好过我,这穿衣服的近亲
我知道他们这次旅行的意义
但我更想知道的是,它们是否也有预感
它们像沉默的义士,一群奔赴来生
和刑场的英雄。一群猪,哦,我们骂人时
顺便将它们羞辱,无辜的生灵
总是奉献于我们既轻且贱的
嘴,还有无比贪婪的胃。那一刻
我的目光遇见了最年轻的一头,它黑亮的眸子
真的非常之美,年轻,俊俏,充满柔情
还有旅行中新奇的悲伤,侥幸的憧憬
或许它并不愿去想,这场旅行尽头的屠杀
它们一生与人类交集的
最后方式,然后以美味摆上餐桌
阐释着奴隶、贡品、暴殄、狂欢,更好听的说法
是叫做牺牲。以宗教或其它的名义
我加了一脚油门,终于赶在了它们的前面
向后瞭望这近在咫尺的死。用一声叹息
为它们超生

　　　　　　(以上两首选自《作家》2015 年第 7 期)

黄灿然（三首）

炉　火

听着:生活像一个火炉,
有些人围着它坐,享受温暖,渐渐感到疲乏,
渐渐把含糊的话留在唇边睡去。

另一些人在户外,在寒冷中,
他们甚至不用走近炉火,哪怕只远远地
看见火光,已感到一股温暖流遍全身。

杜　甫

他多么渺小,相对于他的诗歌；
他的生平捉襟见肘,像他的生活,
只给我们留下一个褴褛的形象,
叫无忧者发愁,痛苦者坚强。

上天要他高尚,所以让他平凡,
他的日子像白米,每粒都是艰难。
汉语的灵魂要寻找恰当的载体,
而这个流亡者正是它安稳的家。

历史跟他相比,只是一段插曲;
战争若知道他,定会停止干戈;
痛苦,也要在他身上寻找深度。

上天赋予他不起眼的躯壳,
装着山川、风物、丧乱和爱,
让他一个人活出一个时代。

盲　人

他知道善,但他主要接触恶。
他知道光明,但他主要看见黑暗。

他知道他被禁闭在一个屋子里,
但他主要感到他被禁闭在一个庞大国家里。

我们的视域与他的,也像那屋子与那国家。
我们的勇气与他的,也像。

我们能行动而愤怒,
他能愤怒而行动。

有一天我们睁开眼睛,
看见他走在我们前面。

于是我们试图把脸别过去,
一半苍白,一半羞红。

(选自《诗选刊》2015 年第 6 期)

黄梵(四首)

旧邮筒

一只旧邮筒,无人使用
住在雨的帐篷里。从早到晚
它大口吞进有毒的雾霾
吐出更宽大的虚无

它的影子在身边转来转去
仿佛儿子向父亲忏悔

它老了,但从不戴眼镜
大风也吹不倒它
唯有它懂得,沉默有谁也颠覆不了的重心

它看出,志得意满的闪电
不过是天际的裂纹
听出,隆隆雷鸣
不过是上帝迷路的叫喊

面对一条条马路发出的邀请,它只张开嘴——
既不答应也不回避

既无粗话,也不歌唱

思　念

奶奶手上的那碗白米饭
如今,端在我的手上

每一粒都成为我胃里思念的风暴
每一粒都穿过我羞愧的肠道
奔回大地——
现在,思念伸展在无垠的稻田
密密地立成稻秆

树与伐木工

嘭。嘭。嘭。
伐木工,正用力砍树
大树忍着劈入身体的斧子
竟没有叫喊

周围待砍的树
没有一棵上前阻止
甚至用树叶,捂住一只小鸟的尖叫

眼见大树的血
流成年轮的涟漪
呐喊,却仍在树们的根部沉默

每棵树都害怕
自己喉咙里的声音

会把目标引向自己。直到某天
伐木工把这片山林统统伐倒

过　去

爷爷被埋葬了
只有蚊蝇围绕着墓地
继续叮咬他的人生

扫墓的路又远又泥泞
就像被雨水打湿的惆怅
那里再没有了人世的红绿灯
我喃喃低语,却已无法描述过去

过去已埋在地下,带着泥土的清香
过去的争吵,已在土里化身为养料
过去找到了种子,已长成坟头的青草
过去找到了风的嘴,正与我絮叨

过去在我眼前横扫着麦浪
成为破空而来的寺院钟声

(选自《诗诗》2015年第3期)

黄纪云(四首)

暮色如画

一边夕光如瀑布。一边铁幕似的黑。
作为季节的刑具——闪电,还不时找寻
施暴的手。
雨不多,但不少于老人一次小便。

暮色不是难民。是迁徙
的血迹(神迹?)。
听见了吧——必用肚皮行走,终身吃土。
——不知为何,此刻,我竟如此诗意。

裤兜里的硬币,
隔着裤裆瑟瑟作响。从月台到出口,我为自己
旁若无人,像一个从净身房穿过太和殿的
"自宫"的太监而感到惊讶。

什么阴阳昏晓。用安全带将目的地
绑定在后座上最重要。
静静地瞧瞧那些冒雨赴约的事物吧。我和祖宗
不正如这轮子、灯火?

管它德国匈牙利,三七二十一,
坐中国制造的高铁到拉斯维加斯玩老虎机
看"o"上空秀就他妈的牛逼。
就像老子骑青牛出函谷关——道行天下。

珍珠港

在这里,锚是证据。但不知道它的颜色,
为何不是黑的?——哦孩子,学汉字真难。
"锚"。"金"为形,"苗"为音。可
我还得拿"彼黍离离,彼稷之苗"说事。

其实,你的黑珍珠似的瞳仁,早已泄露
语言的秘密——此一时,彼一时。而这
葫芦状的星球,此刻,又装着些什么呢?
"葫芦提一向装呆"——随"亚利桑那

号"沉入海底时,神如是说。细看,这
"锚",又像鲁迅笔下的猫。脑袋朝下,
尾部竖起,一副"老虎的师父"的样子。
将左边的"金",换成某类"猫"的姓,

"麦克风外交",大功告成。得太平洋
者得天下。不过,到此一游,才是真理。
你收起你的坏脾气,我也无须呼天抢地。
波利尼西亚人的独木筏,酷似追赶屈原

的龙舟船。端午节将至,人心如粽子——
扎得越紧越有味。哦孩子,跪下。卸掉
文明的装备。头顶靠近赤道的太阳。以

祈求之状与它合影,看这世界认不认账。

受难地

海洋向陆地移动。
悬崖式高楼长满海蛎子似的嘴。
不幸的源头
仍然隐藏在奥秘中。
与其站在海岸长城看天地交媾,
不如以身体为殿,装神弄鬼。

夜篝火,狐鸣呼曰:
王者(亡者? 往者?)归来。
哦听不明白的总因听明白的而受难。
众声喧哗——
为他加冕! 为他加冕!
(皇冠曾经被窃,后失而复得。)

此刻,必须创造上帝

白日梦,就这样被"时差"掉。睁眼看,
不是什么河东河西。此乃进口"荷尔蒙"。
太平洋因黑嘴唇而温柔。然而这"温柔",
对于我,却又因我的皱纹式移动而模糊。
没有什么比沉默更疲倦。而当这"疲倦"
大到你不得不伸出缰绳似的舌头,承认
你是被语言牵着的狗狗吧。马背虽宽阔,
能坐下一百个皇帝加一个尼姑,何用呢?
天空不干净,火山就不爆发,檀香山就
不长个。"星巴克"之晨还你一堆缺睡

的时间,你说,这"熊猫快餐"能喂饱
深渊里的大红灯笼否?别怕,没人追问
你的新旧"鸳鸯蝴蝶梦"。主动脉硬化,
与地老天荒不同。就像虎头是虎头蛇尾
是蛇尾,香港与珍珠港也不同。人类的
餐厅里,一只觅食的小麻雀羞涩的介入,
迅速改变我的形、影、神的格局。如果
上帝的对象是鸟,那么此刻,必须创造
上帝。否则,你手中的指挥棒如失重的
判断,击中的不是小提琴,是小提琴手。

(选自《诗建设》2015 年冬季号)

蒋蓝(四首)

花豹断章

我闻到直穿头骨的花香
我闻到二十年前的美学气味
还看到那时的我
靠在一扇榉木边框的窗户

落叶是山巅的帆,卡夫卡那样飘
一根梅枝稳定失眠的寒气
所有的花在一头豹子身上狂奔
豹的头骨是一个流泪的树瘤

如今,狐媚与红颜远去了。花俏立
花豹与梅花那时非我能够触及
黎明的苍穹下,香气如针
但至今我也未修炼成针尖上的天使

玫瑰倒退着隐于刺丛

玫瑰倒退着隐于刺丛
在阴影里把盛满的阳光哗哗倾翻

用最低的方式活着,但不排除
它如孔雀举起苦胆

乌鸦倒飞,天就塌下来
向日葵一样抵达黄昏
它用钉子的叫声去穿透雨幕
像一个投河的失业者

一个女人退缩着步入荒年
不用背影来同我告别
而是向我敞开
落花的全部过程

当菊花倒退着碰翻桌上的墨水
颠覆了我写下的文字
墨香浓郁时分,那些挣扎的气泡
使我想起涂满生漆的侠客豫让

点烟的人

他弓背,一个顶风作案的纵欲者
风卷起落叶和纸屑
在他脚边形成抗议的旋涡
升到腰部,石头般跌进他的衣袋
火填满了他的指缝
就像鸡毛信那样飞
直到他伸直,把肺里的晴空
喷出来

这一幕,是多年前的下午见到的

我在成都的九眼桥桥头,想起
多年前这一幕
就像我与一个女人分手后
在阅读中想起
那火,那烟
以及肺里的晴空
我的身边飘着细雨
让我想起那潮湿的火柴

向日葵

老式机枪的转盘弹匣
与太阳对垒
直到打光全部子弹

用自己的骨头
做成的古代涡轮
在阳光的金属屑中自燃

葵花不过是大地的阴唇
它开放
再伸出牙齿

轮叶就像啄木鸟那样
捣碎阳谋
周围全是残羽和断箭

与影子一起,像是打断的木头它等候着十字架的横木
来钉死自己

(选自《蒋蓝诗选·霜语》,北岳文艺出版社 2015 年)

江离(两首)

不 朽

一个寒冷的早晨,我去看我的
父亲。在那个白色的房间,
他裹在床单里,就这样
唯一一次,他对我说记住,他说
记住这些面孔
没有什么可以留住他们。
是的。我牢记着。
事实上,父亲什么也没说过
他躺在那儿,床单盖在脸上。他死了。
但一直以来他从没有消失
始终在指挥着我:这里、那里。
以死者特有的那种声调
要我从易逝的事物中寻找不朽的本质
——那唯一不死之物。
那么我觉醒了吗?仿佛我并非来自子宫
而是诞生于你的死亡。
好吧,请听我说,一切到此为止。
十四年来,我从没捉摸到本质
而只有虚无,和虚无的不同形式。

个人史

我睡着了,在一个洞穴中
如果还不够古老
那就在两个冰河期之间的
一个森林中,我看见自己睡着了

在那里,我梦见我自己
一个食草类动物,吃着矮灌木
长大并且进化,从钻石牙齿的肉食类
一直到我们中的一个

那就像从 A 到 K,纸牌的一个系列
今天,我出来散步
玩着纸牌游戏,我忧伤和流下眼泪
这全不重要,我仍然是没完成的

一件拙劣之作,时间的面具
只有一件事是值得注意的:
我醒来,如果有一天我醒来的话
发生的一切就会结束,就是这样

(选自《诗选刊》2015 年第 1 期)

金铃子(四首)

鞋踏破

我来双桂禅院好几次了,破山禅师不在
其实,无所谓佛
方内
方外
你在自己攀住的桂花树上发愣,忘记了鸟巢和鸟
天外还是天,想起来总让人沮丧不已
我喜欢的是,那些长袍男子拿着扫帚
站在你面前
把佛门广阔天地,扫了一遍又一遍
而女鬼门开始上香
传来女人均匀的呻吟声:哎哟哟
老天爷

我明白那是一首诗

要是你观察到开花结果的微妙过程
你就不会为果实的坠地而哭泣
生就是死,爱就是恨。这孪生的姐妹
她们的感情那么浓烈。仿佛让你追求灵魂的深刻

又仿佛让你觉得
这一切是一件极其普通的事
有时候啊,我还没有弄懂内在的意义
就被生死击倒,被爱恨撕碎
有时飞过一只鸟儿,我就以为那是我的奶奶
从遥远的地方来看我
有时候飞过一只蝴蝶,我就以为那是我的爱人
是夏日炙热的生活那晃眼的阳光
那绿翅膀
一切都显得亲切,爱恋,温情而迷茫

我常常整整一上午,或者更久,一动不动
那种奇妙的,清凉的,在我身体流过
我明白那是一首诗

雷雨当前

雷雨当前,我应该准备好自己的天空
重新整理骨头里的闪电
理顺头脑中的狂风。雷雨当前,必须仔细
看一看,哪些峰峦,需要惊醒
哪些河流,需要清洗
雷雨当前,快去撑起倾斜的大树
快去收拢好听的鸟声
雷雨当前,我突然怀念起那些晴朗的日子
突然把太阳抱了出来

我挨着一首诗坐下

我挨着一首诗坐下

仿佛一个被梦驱逐出来的人
一只低垂的黑鸦
只剩下回想。回想——
没有一片叶子颤动,没有一丝声音
打动我
直到,林子远处一只鸟叫了
另一只鸟应和
一群月亮在柳荫深处
白得像雪
丰收的谷物被大光……照亮
我才相信
一物安静,是为了一物响起
我才相信,我误入了九月的爱情
你的果实和蜂蜜

啊,那蜂群,那烈焰的嘴唇
它如何懂得安静

(选自《雨霖铃》,《诗歌 EMS》周刊,2015 年 7 月第 2 期)

孔臼(两首)

撑大我们这个时代局势肚皮

反讽订婚了。受不了蛤蟆胀着肚皮在语言的
劫难中起飞不久过后也许还有成群的荷花会
跑错门槛从而让精神病患者误会成
街头上蹿来蹿去的车水马龙绷着笔尖
蘸酸辣时事如同红的宇宙穿错了鞋咧开嘴
合不上奔着哲学的圈套在雨后的阳台上种小葱
麻木不仁心安理得于一桩关于披着隐喻的亲事
它们都在鼓吹局势的坏话，反而正经不起来
桃核被一张嘴胡乱翻译成两半
就着毛孔细密的皮吃下了一万二千个琐碎的日常
胶结在一块形成密不透丝毫昏暗的天光
组织者通过高铁路网运送过来的脚气真菌
静悄悄地爬到了混乱语法练习中
那一丝丝停不下来的痒搅动着局势，穿上橘黄的绝望
最后关头还忘记了戴上一粒催情粉
肥胖的四点三刻正在发酵欲望和冲动酵母
路人皆知地吆五喝六几杯扒皮水
喝退三千城管蟹高楼隐在人群后面眼含热泪
戏子式的内心结构钓取小城血管内

不为人知的乱七八糟。反讽是订婚了
受不了蛤蟆胀着肚皮在语言的劫难中起飞
不久过后也许人物反目,人归人,物埋物顺便也葬人

血脉辩证法

精修泥污在每一个时刻,游客谨慎
关闭通往栈前出口我们下沉
用最尖锐的冷静勾兑人们心目中的破碎
大河变细流经叶脉黑蝙蝠变白

翻腾中找准,翻腾放牧幽愤亡灵
竹节虫独白中遗漏掉生活细节
在街角会碰到弥补主人。陌生塔吊
吊装从虚幻里越狱的诚实
在不一样的坦白里读吃时代髓质营养

花纷纷关押已经酝酿好的果
抽屉里再也藏不住卫星云图
于是太平洋开始它的灰烬之旅
遇上了,请交纳波浪和泡沫的友谊
请把死亡装进互相期待的信封

不一定门前纠纷露出小灾马脚
宣布存在的炎症扩散恐慌全城
脸色紧张,他们也并不认识
躺身各自的骨灰之中也意识不到关联性

(选自《肺腑运动》总第 1 期,2015 年)

李拜天(三首)

孤 独

把失望插进萧条深处,整个冬天
我与世隔绝,把自己埋进小楼,葬进被窝
不断往发白的日子里填烦恼,往冷清的
夜晚里装梦幻,孤独累了
寂寞满屋都是。我胡乱捡起几颗忧伤
扔向窗外,光线穿过树梢洒落遍地惆怅
此时遗憾无法收拾,就像浮沉不会悲伤
灵魂暗自难过

那一晚

那一晚,抱着二胡的老人
失明了,只好蹲在异乡的街头,
拉生活,拉辛酸。那一晚
来来往往的黑影趟乱了阿炳的忧伤
那一晚很冷,催人泪下的音符
没有听众。——多年以后
我想起那一晚的更晚,我与一个
已经阴阳两隔的朋友路过那里

然后洒泪而别,更洒下终生遗憾
多少年来,我一直想穿过漫漫夜色
重回那一晚,因为我相信
只有那晚的丝竹声,才能把她
重新唤回人间

送快递的人

最边缘的人在最中心的地方
力不从心地飞跑着,城市越大
他们需要跑得越快,这样
他们才不会遭到上帝的埋怨
得以暂时填饱被忽视的饥饿或温暖
他们用最简易的车,拖着最沉重的秘密
在生活的大街飞奔。此时,一股旋风刮过
城市上空隐私飞舞

最现代的词汇,却是最原始的劳力
在苦苦支持。送快递的人小心翼翼
守着事物的进口,就像收废品的人
兢兢业业把着万物的出口。他们
分布在时间的各个角落
甚至一出门,就能和他们撞个满怀
他们在人流之中穿梭
他们在分秒之间穿行他们把快送到了人间
唯独把慢留给了自己

(选自《诗选刊》2015 年第 11 期)

李成恩(两首)

孤山营,爱人

我与我的爱人到玉米地里拍照
我的笑在爱人眼里是明媚,在路人眼里是简单
但我想还原生活中的辛苦与快乐

孤山营,你见证了我的爱
他来了,又回去了,那是夏天
我的爱人高大帅气,像孤山营的闯入者
他的梦想是直接的,他拥抱我就像秋天一样
秋天天空高远,白云也倒悬在爱人怀里

孤山营,我日复一日的辛劳
就是为了回到爱人怀抱,回到秋天
怀抱紫葡萄,叫爱人从树上下来
与我一同坐在孤山营的草堆上一直等待
天慢慢暗下来,我看见远处的群山边的夕阳
像个知音,躲到一边,留下爱人
他的脸也正在变暗
但英俊,透着智慧之光

今夜我们在孤山营露宿,听夜鸟们窃窃私语
学习夜行动物的爱,紧紧依偎在一起

味　道

说你不上研究,你的味道
散发鸡蛋的腥味,混合着尘土
青草成长的味道
词根露出,脚趾生动
味觉敏锐的男人做了厨师
迟钝的女人不上研究
她坐在食品中间念书
不关心物价,不关心天气
空气中飘浮起鸡蛋清醒的味道
雨水骤然降临,光头洗头
长发妹发出一阵香气,那是她的
味道,混合青春的气味
青葱的味道,白面如同姑娘的脸
生活列出属于你的食谱
姑娘呀,味道复杂
气味变化莫测,一会儿是家禽
一会儿是青春,味道各异
但都是你的味道,貌似
白面里长大葱,嘎吱嘎吱的
味道,植物的味道
哲学一样干净的
词根一样坚硬的味道

（选自《关雎爱情诗》2015 年冬之卷）

李琦(两首)

如果下场大雪就好了

如果下场大雪就好了
他喃喃地,默默地望着窗外
一个晚期的癌症患者
这是他最后的冬天

他说,只想看一场大雪
记住最后的洁白。多年前
他的婚礼,就是在冬天举行的
他的儿子,也是在下雪时出生

他将离去。这是命,他说
我已经知足。我要记着
这个世界的好,我的朋友
你们都要好好地活着
看一场一场的大雪
看城市变成童话
哈尔滨的冬天,多美啊

我知道,他要让那皑皑白雪

盖住他的忧伤,他的疼痛
他要把眷恋和希望,连同他自己
都化身在那大雪里,悄悄地
看着这个他曾逗留过的世界
他爱过的一切,他牵挂的亲人

相聚小记

落座,话题转向天气
有人说雾霾的那个霾字
竟是这几年才刚认识
接着,说到净化器
防霾口罩、各种润肺食品

酒过三巡,已有人微醺
说起小时候,随便抬头
看见的那顶老天空
秋高气爽,大雁成群飞过
真是有时排成"一"字
有时排成"人"字

继而,集体陷入回忆
说起江水之清,星空之明
清贫的生活,厚重的人情
包括从前的五谷,果蔬之鲜
那消逝的,平凡素朴的岁月
习以为常的事物,竟成为
一种念想,被时光吹远

当我们告别,似乎就是转身之时

身影迅疾消失在混沌之中
四顾茫然,唯见尘埃滚滚
而身边小店里,正传出歌声
长亭外,古道边,芳草碧连天

(选自《北方文学》2015年第1期)

李少君(四首)

良 人

春天,燕子会准确地寻到一户好人家
觅食筑巢,安居生子
这户人家一定会有一个良家妇女
擅长持家,会女红,知书达理
她会叮嘱孩子们不要调皮捣乱
不要去惊吓嗷嗷待哺的小燕子
她还会照料屋前门后的花草和菜地
每个周末,会有一个蓝袍先生从城里回来
她会低眉顺眼地喊他:先生

——那是民国的一个初晴天
阳光明媚,春光烂漫
可以预料明天也准是一个好天气

敬亭山记

我们所有的努力都抵不上
一阵春风,它催发花香
催促鸟啼,它使万物开怀

让爱情发光

我们所有的努力都抵不上
一只飞鸟,晴空一飞冲天
黄昏必返树巢
我们这些回不去的浪子,魂归何处

我们所有的努力都抵不上
敬亭山上的一个亭子
它是中心,万千风景汇聚到一点
人们云一样从四面八方赶来朝拜

我们所有的努力都抵不上
李白斗酒写下的诗篇
它使我们在此相聚畅饮长啸
忘却了古今之异
消泯于山水之间

云 国

多年来,这风花雪月的国度
在云的统治下,于乱世之中得以保全

耽美的闲适家们悉数沦陷
一边是苍山,一边是洱海
左手是桃红,右手是柳绿
最适合做白日梦,或携酒徐行

深夜,店家坐在冷清的柜台前
掂量着手中的银子和几钱月光

当全球化的先遣队沿高速公路长驱直入
虚度光阴的烟霞客也开始有焦虑感

依靠三塔能否镇定生活和内心？
至少，隐者保留了山顶和心头的几点雪

郊外的湿地

春天禁锢不住，破城而出
寻向郊外的湿地，青和绿交替
——一路点染树梢

于是春色弥漫，春水泛滥
然后化为静水深流
最后，永驻于这一片湿地

若你无意到此，且足够细心
就会发现：水中飘拂的草藻
与岸上摇曳的青草相映
——但它们其实是不一样的
一是为流水细分
一是因春风吹拂

(选自《诗选刊》2015 年第 4 期)

李瑛(四首)

哭小雨(十二章选四)

4

六十年前你睁大眼睛
张望这个新奇的世界
后来,阳光朗照
你眼里鲜花开遍
后来,恐怖袭击
你两眼像惊慌的星星

后来,喧嚣岁月里
你的瞳仁是两片清澈的湖水
如今,永远关闭了
你把漫漫岁月的沧桑风雨
一起紧锁在睫毛后面
不愿告诉别人
无声中,只两滴水珠滚下眼角
静静地映着人间
一滴是浸血的泪
一滴是浸泪的血

8
我想念你,爱你,但也恨你
你狠心丢下你哭泣的笔和
你装满一袋子的汉字、母语
丢下你夜半不断用小锤敲打的诗句
狠心丢下你的世界中
那么多朋友和可爱的生命
提着一生的记忆、未了的梦
亲人的泪、孩子的骨头和
我一颗破碎的心匆匆远去了
为什么我总在夜半突然惊醒
那是你脚步踏出的声音

9
我翻遍辞书找不到
死神词典里也找不到
一个正常的解释
怎能是我梳拢你的黑发
怎能是我捧一束白花来祭你
怎能是你的哀乐涌过我的皱纹
怎能是你坟上青草摇动我的白发
你未能偎依在妈妈怀中
此刻,难道也不能在我的翅膀下
享有一份小小的爱和温暖
现在,我的心变成一片
干枯的叶子,孤零零地
高悬在风雪枝头
瑟瑟颤动

11
穿过失血的夜街走回家
天低下来,大地在颤动

哦，起风了
那双曾一次次搀扶着我
紧紧拉着我衣襟的温暖的手呢
灯火明灭中
蓦然发现
人生中痛苦和幸福竟离得这么近
蓦然发现
阵阵夜风吹着的是大地的死亡和诞生

（选自《光明日报》2015年4月3日）

李云(三首)

追梨花

穿越星空而来,我看见大地上烟花炸裂
像一场不可能的毁灭,人间风物摇摇晃晃,我向着
一片一片的雪梨花追去——
此时江河倒流,浪花翻涌,为了与无数个我聚集
汇合,我义无反顾又那么轻盈
身为六角形的雪花,我喜欢以青山为弦,在大地上
以梨花、烟花和乌有的方式抒情

一只羊来到我身边

我一直羡慕一只羊的温顺
羡慕她眼中藏起的闪电
羡慕她用心捂住的伤痕

一只羊是渺小的,但她安静善良
从不想去伤害谁

在尘世
如果累了,我就安心去当一只羊

远离某块草地
远离一些阴影和潮气

在独处里,想着一只羊的善良
想念跪乳的羊羔
心就荡起一圈圈欢喜的涟漪

我知道有些爱属于羊
也属于人类,有时候爱能保全自己
也成全别人

我想我是喜欢的,喜欢一只羊来到我身边
与我一起
望着空茫的人世

庄子那只蝴蝶

你背后那对翅膀
打开又收拢,那是五光十色的蝶。
是雁嘎嘎的叫声
叫深了夜:长发整夜醒着
眼睛,涌出黑色的河流

好马回过头去。多年之后
你用猜疑的鞭子
鞭打一地菊花,我微笑着从鞋底
倒出两粒沙子
那时,你在天空行走
海在大地上放纵
当海蚌解开盔甲,我就试图说出

多年前那场风雪:玄鸟
呼啸而过,海水灌满了屋子

我不停地开灯熄灯
体内一场风雨,让我身陷泥泞
你拍打着翅膀
日夜戏水,漫长的颤抖过后
我起身收起丝绸
从你肩上,取走庄子那只蝴蝶

(选自《诗歌风赏》2015年第二卷)

李云枫(五首)

鬼　魂

多想给你说说那些鬼魂,以及被刀子割的支离破碎的梦境
多想说说那些依然温热的血液,明亮的镜面,水,还有一匹小巧的马
也想说说困在玻璃中的时间,浅褐色的声音
低垂眉毛上完整的雪花
多想说说过去的岁月,薄薄的肌肤以及天空
还有那一面镜子,和住在里面的那个只有一尺高的鬼魂
他可以叫出所有人的名字
他的眼睛像漆黑的午夜,他像一个梦境,遥远却又近在咫尺
多想说说他们,像说起你
一些简单的音节,一些盘踞在床边的浓稠黑暗
多想给你说说那些鬼魂,还有住在第 99 声心跳里的哪一个
还有名字下面的隐约噩兆
多想说说他们,像是一种遗忘
像是门窗,在背后轻轻关闭
无声无息

囚 徒

我在午夜,在一片幽暗的丛林中
遇到了那个曾在我梦中出现过的女人
她站在路边,一身白衣
我问她,这条路将通往那里
她沉默无言,我想她并没有看到我
我想她仍然还在我的梦中
我问她在夜晚结束时我是否可以走出这片丛林
她抬起头,她说是的,你要用一个晚上
因为在这片丛林中,你永远不会看到阳光
我看到她露出了奇异的微笑
我想,或许我现在是在她的梦中
像一个绝望的囚徒,束手无策

生 日

今天是我的生日,在一座城市的角落里
我又看到了黄昏
这时距我出生还有一个小时
这时我又看到了哪个人
他曾在我出生时对我的母亲说
"这个婴儿将终生背负诅咒"
而我现在依然在挣扎
在三十四年后的今天,在一座颓废的城市中
我又一次与他相遇
他用惊异的目光注视着我
他问:"你为什么要一直生存下来"
他的目光充满悲悯

而我却感到巨大的悲伤,不是因为诅咒
而是因为我无言以对的沉默

镜　像

在卧室之中出现一面镜子,房间会更深
一切无法公开的,在镜子中可以以另一种方式展出
就像情欲。在床上的热度,在镜子中延伸的只是一片冰冷
镜子只以自己的方式存在
观察和映照相反的世界
如果可能,在冰冷的温度中一样进入高潮
镜子在床头,把感情变得平静
在一片迷乱之中把人的后背展示出来
一切无法掩饰
镜子以可怕的真实,反照世界
而世界在镜子中一片虚幻
如同一个人醒着看梦在胶片中一点点显示
可镜子是真实的,我们无法忽视它的存在
在我们把自己无法看到的一面给予镜子时
我们只是在罪恶的快乐中欣赏秘密
镜子在冰冷之中无动于衷,如同相对于情欲
如同历史,每两页的夹层之中,总有一些真实的东西
使我们颤栗
我们走近镜子,只为看清自己的面孔,以及一些瑕疵
使我们可以更好得掩饰它,使自己在人群中可以更容易的
藏匿
在房间之中,镜子知道一切
如同我们在历史之中。而历史与我们无关
如同我们走近一面镜子
却无法穿越它的世界

停 电

停电的时候,我点起烛火
光线微弱的颤动,城市在安寂中如同丛林
我坐在蜡烛的旁边,看着它的燃烧
我想我已回到了远古的时代
在荒凉的暗夜中,等待穿白衣的女子前来造访
她们都拥有着凄婉且不祥的名字
她们都曾孤独的死去
她们总在烛花爆裂时突然出现
她们沉默无语,坐在桌边
面孔如冰冷的铜镜,使人悲伤
我为她们沏茶,打开纸为她们画像
我为她们记述记忆,并且在天亮之前,与她们相爱
这是一个大雪纷飞的冬夜
我坐在一个寒冷的小屋中,与一个悲伤的女子
相对无言
这是短暂停电的瞬间,一分钟或者更短
那时我离开了这座城市
那时我与一个陌生的女子,已相守了一生

(选自《建安》2015 年 3 期)

离离(三首)

母 亲

我的母亲,背已经弯下来
脸上落满了褶子
她想脱下那身旧衣服
丢掉这一生的束缚,她撇下父亲
想一个人占有旧房子里的孤单,哦
我多么难过,她是这样一个人
带着假牙过街,想念我们共同的亲人
很多次,她怀里揣着几根黄瓜
从外面回来,她说喂——
朝着我的卧室咕哝
我的母亲,春风从她两鬓抽出白发,她的手
一年中有季节性的颤抖,秋天里
她悄悄撕碎几张化验单,我的母亲
她刚刚走出医院,就挺着身子
她白天叫我女儿,晚上睡在我孩子的摇篮里
她就成了一个
一丝不挂的婴儿

乌托邦

我需要静,需要一条街的安宁
街边有梧桐,无名的鸟儿落在上面
小茶馆,书店,老张家的糕点
一切都在黄昏里出现
几只刚刚相认的麻雀,和我们擦肩而过的
晚来风急。夜晚之后,该隐的
都隐了吧,只剩下灯光
和你坐在炉火旁
幸福的样子
水壶在火上发出亲切的声音
你给炉中添煤
像一个田园女子
我细数黄豆,绿豆,玉米和棉花
各不相同的一生
街道冷清,正是我喜欢的
你有书生意气
我有沉鱼之貌

坦　白

和生活妥协的时候
我想到了井,低陷,顺从
也想到水,流到哪里
哪里都有爱情和
怀念。但想到井水
我的身子就绝望般
战栗

曾经从井里取水
随着绳索,桶下去
水被提上来,
桶被提上来,低头间
自己的影子
在水里晃来晃去
再一低头,就感到眼底的潮湿

就感到一只手
从我的身体里取水
每次一到井边,我就恐慌
怕一低头
就忍不住,什么都没有了

(选自《坡度诗刊》2015年第1、2期合刊)

梁平(三首)

已 知

速度在词语里奔跑,
成都、重庆互为起点和终点。
这是名词给我的安慰,
从名词开始,角色与经验可以转换。

以火锅为例,把伤痛转换为快乐,
相当于把活虾放进火锅、取出、
在青油碟里点蘸降温,
送进嘴里盘点。

或者把爱情转换为友情,
从红汤转移到清汤,
黄花、鲜藕、金针菇、牛肝菌,
最大的好处是清热解毒。

这里包含了名词、动词和形容词,
以及一切可以包含的词语,
可以一锅煮,惟一煮不烂的是,
关汉卿的铜豌豆。

词语里的速度慢不下来,
已经无关重庆和成都。
一个词被另一个词直辖以后,
人的生死,也是高速。

说文解字:蜀

从殷商一大堆甲骨文里,
找到了"蜀"。
东汉的许慎说它是蚕,
一个奇怪的造形,额头上,
横放了一条加长的眼眶。
蚕,从虫,弯曲的身子,
在甲骨文的书写中,
与蛇、龙相似,
让人想起出入山林的虎。
所以蜀不是雕虫,
与三星堆出土的文物里,
那些人面虎鼻造像,
长长的眼睛突出眼眶之外的
纵目面具有关,
那是我家族的印记。

红星路二段85号

门口的路改成八车道了,
诗歌只能从背后绕道而来,
破坏了原来的分行。

原来的长句在楼梯上打了折,

抒情不受影响,短短长长,
意象行走在纸上。

看得见天上的三颗星星,
一颗是青春,一颗是爱情,
还有一颗,是诗歌。

这地方使人想起某个车站,
有人离开,又有很多人走来,
那张车票可以受用一生。

从布后街2号开始,
诗的庙堂,从来都没有安放座次,
门牌换了,诗歌还在,永远。

(选自《诗选刊》2015年第7期)

梁文昆（三首）

你不爱我

你不爱我,你爱的是我诗中的
身体,它不知道羞耻,还大胆
面对陌生的读者,它敢于表白和赤裸着回答

你爱的是她,写诗的我
迷人的魅力宛如伤口,敞在灯光下
暧昧如海浪,你喜欢的是,将她的神秘在打探中一点点剥开

你爱写诗的我。不写诗时,我黯淡,偏执
野性收于瓶中,回到家中
是厨房里邋遢的主妇,专门为懒散制造种种借口

你不爱不写诗的我,这熄灭的火焰
干渴的湖,你时刻想的是,吞噬我

然后杀死自己。
你不爱我。你看,我如此清醒,轻易拒绝了你的爱
这也是你不会爱上我的理由。

那阵风

那阵风,一下子就越过山顶
去另一个地方了。这无限宽广的自由
因为夜晚的到来
而呈现出黑色。我瞬间泪涌

不为那自由
而是为那颗决意奔赴黑暗的心

屠 夫

提刀灌酒,腹部藏毒
早年间,因行走于
街巷,闹市,杀猪贩肉
贩皮,贩血,贩
骨头,而得名
无论寒暑,也不惧鬼魂,他杀动物
杀得
专注。

现在,他终于老了。
这个早年的屠夫
蹲踞在家,孤零零晒着太阳
风湿病上身
一副老骨架,终于显现出
动物的原型……

(选自《青春》2015年第4期)

梁雪波(四首)

七月断章

今夜,有人在黄金宫殿庆祝,表演
将绞索与丝巾混淆的艺术
有人从呼喊的江流返身
头顶的星辉与石头的鼓点共振
有人用月光漂洗,为虚无
浇覆冰雪:仇恨的赋形剂
而我已无眠,在水位攀升的红色屋顶

今夜,旋转的叶轮压低了虫鸣
那只从李白递过来的酒杯
裹着染血的熊影
这是谁的、怎样的祖国?
催促泪水、暴雨、幽魂和制度
当我不能从夜的禁锢提取朝霞
提取火中之火
我仍可以将枯骨反复敲打
或者,敲响一个
与枯骨对称的词

活 着

你曾被纯洁压迫,压成红色的纸片
一张张贴满营养不良的童年
你曾用激突的喉结深入秋天
月光下,一双拖鞋拖烂了校园
你曾被命运随随便便地扔进编织袋
一座刺鼻的钢铁迷宫旋转
炉火烘烤着在粉尘中全军覆没的脸

为了比一条毛毯更幸福地活着
你真诚地撒谎,你温柔地劫夺
梧桐大道,多少个消瘦的黄昏
你和蝙蝠一同飞满醉倒的天空
人的一生还有什么是不能撕裂的
你被洗了又洗,揉了又揉,捣碎
再在祭奠的纸灰中一点点晾干

而活着就是冒犯,就是不甘心活着
在颤抖的楼顶你写下词的变奏
活着就是在高烧的梦中回忆冰水
就是从体内救起溺水的婴儿
所以你愈加平静,静得近乎平庸
为了不让人们看见挣扎的手
为了在此消彼长的暗战中
和这世上的恶真正较量一番

这不是一个适合朗诵的时代

你被要求朗诵,(不,是自愿的)

被掌声抛入笼中,(哦,狭小的广场)
你悄悄藏起爪子,(带着记忆的血腥)
站得酷,将双唇噘圆,模拟人声

墙壁白得刺眼,(有别于万恶的岁月)
石头寂静,静得只能听到蜂鸟的嗡鸣
你扑动、旋转,(优美地展开词语)
脖颈低缓,翅膀激昂,尾翼袅袅

你看见,他们谈笑、吸烟,隔着玻璃
用左手敲击右手,用牙齿撬开瓶盖
你看见发丝浸着酒花,吞没世界的杯壁
灯,切出蓝色飞扬的松针,幽暗而虚幻

你兀自扭动,用哲学,用方言,用粗口
用来自现实的痛苦经验,陌生的黑森林
你抒情你意象你饶舌你达达你非非你垃圾
你比垃圾更垃圾,意义在一根线中掐去
在一个并不适合朗诵的季节,你消费着声音
消费鲜血、异议、殖民和玄想,抵达玻璃
却没有抵达人群,抵达耳朵却不能抵达内心
诗的羽毛:复制的黄叶,拂弄着时代之痒

春天的载重卡车

经过春天的炮筒,血潮中涌来的是
喘息的载重卡车
——刺破皮肤的花朵
在销魂的假日夺眶而入的是
集体的载重卡车

为哀悼一个吉他手而呜咽的广场
拖曳着
一个倒挂的着火的时代
从脑海不可阻止地横过

啊,这哭声中有水银的声音
野菊的声音,断头的声音
花岗岩下腾矗的精神灰土
将二十四个节气的群怨
蒙盖在上面

这悲伤的载重卡车,粗野地驶过
在翻浆的春泥中涌动着
不安的遗骸
在一场仪典中哑默的
在风旗低垂的另一刻敞亮

碾过变乱的云杉、尖叫的蝴蝶
从修辞的急行军隆隆推进的
载重卡车,驶过
曼德尔施塔姆大街的卡车
哦,那么多的卡车、卡车和卡车
满载着
春天的行刑队

(选自《湍流》2015年总第 5 期)

林之云(五首)

金 桂

不曾存在的人,也不会归来
落了一地的,是不能回家的香
它纷纷折断的影子,无声地离开
在日照,风吹落时间
他在那个四合院里看见,金色的雪
一直下到月亮升起,你的形状
就是你的孤独,细密的花朵
曾以小取胜,接着被后来者埋葬
一左一右,两颗暗青色的树
以一生的味道,记住这个秋天
每个人都有自己的故居,路过的人
已失去夏天,心里的花凋零在怀念里

秋天的棉花

原野上的一小片棉铃
如鸟喙,试图叫回洁白的日子
你的虚心里,有想象的热

炉膛里的火焰噼驳作响
奶奶的笑,在童年上方
棉花的贡献是无声的

植物里长出的羊毛
如今,像是一片怀旧的雪
紧裹的茧,咬住开花的贫穷

绽开的壳,如蝶翅的残片
在风中微颤,坐在纺车旁的人
曾想着你的小脸,说出布

鹦 鹉

度假归来的一家人,看到那只鸟儿
一只脚尽力向后伸着,像是要
蹬开那一刻降临的死亡,另一只
则使劲蜷曲,想紧紧抓住唱歌的日子

从来不曾低下的头,歇息在地
一只朝向天空的眼睛,轻轻闭上
最显眼的是那双翅膀——

一生在笼子里,很少张开
此刻,它显得丑陋而且悲哀
某个时间,它落在地上,支撑着
最后的降落,再也没能起来

最后,它躺在那里
垃圾桶旁边,上面是没有栅栏的天空

这世上,又少了一颗想飞的心

静 物

一只鸟,在那片草坪上,弯腰,走路
左右看看,不时歪过头,顺便瞄一眼天
大部分时间,它都盯着草坪
尖短的喙,一下一下,在青草间
寻找它的生活,它转过来,再转过去
一片翠绿衬托着它,像一片海水
举着一只浮动的小船,海面也随之起伏
有一次,它向着另一边又弯下身去
我看见,它褐色的臀部,向上轻轻翘起
两条黄色的细腿间,露出美丽的空隙
透过那空隙,我瞥见一小片长着水杉的风景

黑暗之光

有些光要在接近绝望时,才会看到
有些暗,是留不住亲人的悲伤
我曾被你抱在怀里,在世界各处走动
经过长途跋涉,先看到家乡的田野
再看到村庄,如记忆中的岛屿渐渐浮现
地里的玉米,一粒粒紧紧抱在一起
就像一天一天的日子,谁也离不开谁
就像我的在长大,你的在变少
你带着我游过那条河,看黄昏降临
看星星长出星光的翅膀,笑声升起又落下
洒在我的脸上,你的背影走在另一种光里
迎向永恒的夜晚,天真的水停止流淌

你的目光不愿意熄灭,你的嘴唇一动不动
有些光要在怀念时才会出现,夜晚也是
黑暗无边的照耀,来自你最后无力摊开的怀抱

(选自自印诗集《黑暗之光》,2015年)

刘川(五首)

悲悯一种

叫人把我脸上的皮肤
用大号锥子
扎无数个眼
悲伤来时
我会不会
像一个喷头一样
滋滋喷出
体内全部的苦水
时常浇灌、润泽一下
这个歌舞升平
麻木不仁的世界

本乡记事：甲乙丙丁

这四兄弟
一母所生
而今闹掰
只因谁也
不想赡养

八十岁的老母
为什么不把
这只破旧的子宫
掰成四瓣
顶在头上
因为尔等四个
几乎就是
这只老子宫
炸出来的
四片无情的弹片
落入人间

救灾的火车开往灾区

开入了灾区
开入了灾民中间
灾民自动张开
让它深入
当它返回
灾民又合拢成
原来的一片

灾　情

家乡大旱
颗粒无收
土地干裂
最近我嘴唇
也干裂了
这足以证明

我是故土
忠诚的儿子
与其同体
现在,我大口大口
喝着雪碧、芬达
家乡的旱情
是否有所缓解

四川盆地印象

下大雨
无论多大
你底下都端一个盆接着
可是
没看见别的地方那么旱吗
你接这么多水
你自己又不缺
接这么多水
你手是不是有点欠

(选自《先锋诗报》2015年,总第15期)

罗至(四首)

成 年

我从雨地里长大
我跑进一间纸房子

一对做爱的男女一跃而起：
房子要湿了
房子要倒塌了
他们转眼间变为两根房柱

(雨在外面下着
纸房子牢不可破)

我成其内的主人
抚摸着两根房柱
难以走得出去

中年之学

她不知道怎样才能在瞬间之内
将一本书看穿。她看下去

那本书不存在；她看下去
书下面的桌子不存在
她看下去，桌子下面细弯的双腿
漂白的脚丫子，涂红的脚趾甲
正在上演一场中年秀
她努力视而不见；她看下去
地板上映出自己的脸
那是一张被生活过度浸淫
而又琳琅满目的脸
上面缀满密密麻麻的文字
她终于在瞬间之内，将一本书看穿

风吹着后窗户

这是北风，吹着我们卧室的后窗户。
窗框上钉的塑料布扯开一道口子，风
正好钻进来，吹得窗扇发出声响。
报纸上说今年春天沙尘天气比往年要少
但终究还是来了。那细小的沙粒先是
看不见，当我们意识到什么时，被褥上
已铺满一层。长期以来，两个人在卧室
度惯了平静日子。拥抱，睡觉，梦中微笑
并不曾被干预。也许干预也不觉得。
而现在，这是北风，卧室的后窗户
一直响着，像一种打击；细小的沙粒
不断落下，像一种侵入。我们突然失去
足够的耐心。两个人在翻身的瞬间，凝视对方
又收回彼此的目光。仿佛我们的
生活，也同样出现了漏洞。

新鲜的，陈旧的

用一秒钟暗恋墙面上的叶子，发现
那只是一记老去的手印
将墙进一步推倒，分散的手指
直戳五个虚幻的方向
直戳的我浑身疼痛
哦，重新垒好墙壁吗
为时已晚，分散的手指
以坚硬的力量，使我陈旧的皮囊
再一次露出新鲜的伤口
再一次变得体无完肤

（选自《诗歌月刊》2015 年）

吕德安(四首)

无 题

"天空像一块磨刀石,
日子把锋利交给了明天。"
我上楼取笔,试图记下这一句。
然而我却在那里睡去。
如果这不是冥界的
惩罚,至少我该后悔
时光的飞逝。我回到院子,
"寂静在分布,这才有了黑暗,"
这一次我没有走开。却看见
我的猫闪电似的逃向屋顶,
因为来了个陌路人,
一边手做着手势,一边
搭在我肩上,他像在赶路
又仿佛要在垂暮之际
将我永远带走。

时 光

闪电般的镰刀嚓嚓响,

草在退避,不远处一只小鸟
噗的一声腾空逃窜
到你发现草丛里躺着一颗蛋
我已喊了起来——草歪向一边
光线涌入:它几乎还是透明的
现在我们喝酒谈论着这件事:
那时你躬身把它拾进口袋
不假思索,而你的姿态
又像对那只远遁的鸟表示了歉意

掘 井

我曾经四处游荡,却最后在
自己的房屋附近找到水源一汪。
我望着自己粗糙的手因奋力掏寻
而青筋凸起:那上面龟裂的泥巴。
"这是手的雕像,"我对自己说。
但我对日子的记忆却是湿乎乎的。
我记得那道水源暗藏在杂草丛中
也是黑色的。"像上帝的居所……"
但这是夜间俯身写在书本上的话。
那阵子适合我的就是整天绕着水转
一勺勺地舀,或不停地用那用旧的
辘轳似的嗓门喊出我的心事。
但是当我像古人又在纸上写下"泉眼"
这两字,再去挖地三尺时,
我所感到的禁忌就像我赤身裸体
冒失地跑过这咚咚响的大地。
然而这些都没有让我停止挖掘。
我写作时也有一道水源远远瞪视我。

我学习着分寸,谨慎地将文字
像原地挖出的石头把大地圈在几米之外

预　感

我的猫悄悄溜出门
想必是它去了那汪池塘
那里树影幢幢,树枝上
月光鬼脸似的泛动
在房间里,我久久地
注视自己的膝盖
想象着猫的突然消失
如何跟它的空虚有关
然而,历历在目的
却是它闪电般的跳跃
我本能地站起,感到一阵冷风
袭来,恍惚如浪潮
事实上是房间里的一扇门
正在神话似的自己敞开
仿佛告知:此刻外面
已是夜间动物的世界
这也意味着我的猫
瞳孔必将在危险中扩大
去目睹一个主宰灾难的神明降临
为此,我却只能保持缄默

（选自于坚主编《诗与思》第2辑,重庆大学出版社2015年）

马铃薯兄弟(四首)

乡 愁

蜷在座位上的姑娘
怀抱着乳房入睡
她的轮廓是忧伤的
那是我故乡的乳房
窗外成熟的玉米
有着绵绵的香
因此那也是
我故乡的忧伤

猪的春天

我没有高远的理想了
我只想圈外
去年看到的花
萝卜花
白色的
粉色的
油菜花
是金黄的

蜜蜂像柳丝一样环绕
草地像草地一样碧绿
这就是我能想到的

故乡的物产

故乡,你的胸部
源源不绝地长出
丰硕的稻谷
长出玉米和粮仓
马铃薯
扁豆花一样
美丽的少女
还有很多
你难以想象的快乐
无奈以及疼

我依恋你的胸部
一只是为了吃的
在阳光下　它多么丰满
在梦里　它更加丰满

而另一只
我只用来热爱
并且怀念

初　恋

现在我知道
旅途容易激发爱恋

那时我什么都不懂

绿皮火车上行驶中
她打开车门
向外清扫垃圾
而红荷开在那个秋天
像女妖的脸庞
而我更注意她
蓝色工装　臀部的布匹
因摩擦而发亮

一九七〇年代
铁道线上
我遭遇了从未有过的感觉

我是那么羞愧
为自己的捉襟见肘
因长大而变小的衣衫

（选自《读诗》2015年第4卷）

马启代(三首)

子在川上处

——"来了的,都想站在孔子站过的地方"。物是人非,耳旁仍有流逝的声音

脚印一再叠加着。不站在巨人的肩膀上,没看到一个人高过那块石头

我独自坐在石碑的对面,感受陪尾山的脉动。"小白龙正在翻身吗?"

善良者遭遇雷劈,劈人者有着神仙的名号,它们遵奉玉皇大帝的法典

"这和人间何其相似!"。诗人雪野用上好的汾酒祭奠,是给孔子还是白龙?

垂足顿胸的呼号啊。我看到众泉齐喷,地裂成河,一老者衣袂飘飘降临

……来来往往的,都有一个共同的大号:游人。"谁不是到此一游呢?"

"因为要跋涉一生,我们自称旅人",对于人世,谁不是过客?

地平线

——"地平线是一把锋利的刀子",夕阳坐在上面,正慢慢地自戕

我选择了沉默,为了把神的声音从嘈杂中提取,我已做到了一半

石头一直没有说话,它陪着我。"哦,我们都有不朽的内心"

该放的已经放下,包括被掠夺、窃取的。伤口大到了没有伤口

"天空是被他们骗出来的"。所以,不低头,天就不会全黑下来

必须节省自己的光亮。我每天拿出一点放到高处,呀,多么璀璨

……河流被谁拧成了九曲十八弯?"凡是澎湃的,都波波折折"

"小鬼们的表演多么热闹",我要忍住,不在人间发出笑声

悼卧夫

——兼答《最后一分钟》

——"人间的长卷终于被你扛上了天堂",最后一分钟,你等了整整五十年

从今天起,我将学着赞美,只对那些无需肉体也散发温度和光辉的死人

兄啊,我还将从今天再次复活。"我已死过了,活着的只是我前生的墓碑"

我所有写下的文字,都是碑文。窗外的树此时无雪可站,全都披上了孝衣

"大地借飞驰而过的高铁传递着悲恸"。因为黑,空旷,我依然感受到冷

从你锁上的门缝里窥见一切。最后一分钟,兄啊,我活成飞蛾扑火的勇士

……这样的夜,谁在出生?谁在异化?谁正落荒?"秒针才是万能的钥匙"

"我送你的灯火依然在高空闪烁",兄啊,仰望一下,我们都不孤单

(选自《先锋诗报》2015年,总第15期)

马新朝(三首)

大风之夜

马营村以西,缓缓的坡顶——
你说,那里是审判场

冬夜,有人在那里高声地念着冗长的判词
黑暗紧闭帷幕,叮当的刑具,碰响
风雪的法律,没有观众
风在扇着耳光

在更远的砾礓沟,辕马驮着轰轰的辎重
那是什么货物?有人在加紧偷运
你说,那是人的名字
可是村庄里并没有人丢失名字

黎明,大地和坡顶安静下来
村边一座孤零零的小屋
低眉俯首。它说
它愿意认罪

一条河的感受

一条河,一条具体的河,抽象的河
从你们中间流过

你们中间的那些事,人间的事,争吵,然后妥协
获得,然后又失去,身体像楼房那样
建了又拆,诗歌对于影子,以及哲学家们
对于意义的攫取——这就是一条河
被毁坏的经过
一条河,被毁坏,不像是一条蛇,先打它的七寸
而是从后面开始,从尾巴开始,从边缘开始
慢慢地移向中心

即使最小的一个嗓音,也能抱着河,河一定会经过
欢乐,再流入它自己的光芒。一条河,被毁坏
并消失,就像一个人重新穿上了衣裳

我的脸

我的脸在衰老。这没有什么
就像挂在门口的牌子,被风雨漂白
它只是我的一个符号或标记,在人群中
漂浮。我活在我的思想或想法里
我的思想,是用平原上村庄里的梦
还有远山的阴影作为营养,让它一寸一寸地
生长。虽然我的眼睛已经老花
鼻子也不健康,但我用自己的思想呼吸
用自己的想法看你们,看这个人世间

就在今天,就是现在,我感到自己
很强大,我可以把杨树、柳树,还有更远处的
那些酸枣树们召唤在一起,用土地深处
最隐秘的嗓音与它们对话
我说,我知道你们的前世和今生
你们所走过的脚印,都留在我的诗篇中
就是此刻,我突然升高,高出遍地灯火
高出你们生命中全部上升的血色素
我的形体里闪烁着人性之光
这一切,我的脸并不知晓
我对它说,我不怕你和你的衰老
只要你仍是一张人的脸,有着正常的
人的五官,以便区别于
其他的动物或者野兽

(选自《诗选刊》2015年第2期)

马永波(三首)

秋天的敲击

秋天,我们坐在屋子里
听树叶上的风声,说着一些什么
我们有时停下,听一听外面
风声和雨声,有时分不清楚
有阳光的时候,我们会压低声音
我们并没有谈到树木和外面
那些好看的鸟儿按时来吃黑亮的树籽
吐了一地,秋天很空旷了
黎明的火车把鸣叫藏在草里
"有人在我们头上钉钉子。"
我偶然说出了这样的话
我们坐在那里,不动
从一开始,我们就应该一动不动

一下午的惊恐

还未到傍晚,骨架嶙峋的马
黑暗,还在道路之外徘徊
我与幽灵在镜面相遇

风嗅着落叶下面,嗅着门缝
嗅着肉体泄露的光亮
斧子、弹弓、菜刀都摆在蓝油漆的窗台
我僵硬的六岁的肘也烙上了木纹
院子灰白的木门锁了,平房的门也锁了
我盯着木门的每一丝颤抖
和白杨树呼啸而过的声音
母亲还没有回来,不知过了多少年
多少个冬天,我听到门轴轻轻的转动
家人悄悄的说话声,以及慢慢移动的一盏金黄的灯
可我无法醒来,无法闩紧那扇裹着麻袋的门

起风了

起风了
松树摇动它阴沉的绿
杨树绷紧了身躯
柳树则随风摇曳

连阴影也变得不安
连灰尘那么小的胸脯也在喘息
碎屑,从天空巨大的银幕上落下来

我们靠着漆黑的电线杆子争吵
仿佛刚刚从一部国产恐怖片中出来
手心里还微微地发黏

(选自《江南诗》2015年第1期)

梅依然(两首)

进入一首诗的内部

当夜晚降临
我感觉到自己的内心
在某个地方停留
花坛中,一条蚯蚓借着雨水的力量
钻出泥土

它穿过石头的裂缝,偶尔驻足凝望
毫不在意前方是否有危险存在
——爬行或者凝望
随后,消失在一丛兰草下
不留下一丝痕迹

我感觉到
时间在我的血管中流淌
时缓,时急
甚至,我听得到它们的声音
汇入了一条河流

我享受这样的时刻

——我仿佛只在此活着：
不知道自己身在何方
不知道下一刻自己要做什么
坦然接受，并任它悄然消失

爱的标记

时间拥有一双魔术师的手
依次开启我肉体的空房间：
年轻、甜蜜、欢愉、孤独、痛苦、绝望、衰老……
每一个都贴上了标记
主题鲜明："你是——我的"

无论是
我和你的故事
还是你和我的故事
都是以并列的方式进行：
两条线索明朗而又隐秘

我们如此矛盾着。关键——
"我"自始至终强调的都是一种自我批判的态度
"你"却代表经常性的警告：
爱情如同一只新生的羔羊
随时企图离开"我们"这座草场

（选自梅依然《蜜蜂的秘密生活》，《诗歌 EMS 周刊》2015 年 7 月第 3 期）

慕白(两首)

我羞于称自己为诗人

我的心不够温暖
我是一个卑微的人
我的心长着一颗羞愧的灵魂

我不敢扶起面前摔倒的老人
我不敢呼吸 pm 2.5 大于 100 的空气

我喝酒怕醉,吃肉怕肥
我睡到凌晨 3 点就会醒来

我的欲望像春天的野草
千里之外的微尘,就会让我胆颤心惊

我害怕躺下就不能起来
我害怕闭上眼睛就不能睁开

我没有给穷人施舍过一枚硬币
我没有给爱人买过一枝鲜花

我纠结于生活,写过虚伪的证词
我的内心不止一只魔鬼
我羞于称自己为诗人

月下独酌

灯光真的喝醉了,满脸通红
身影歪斜得厉害,小店的那个女的老板
在柜台用算盘炒着花生米,噼里啪啦响着
令人作呕,乌鸦一样地呱噪

瓶中的酒明显被兑了水,喝起来越来越寡味
父亲,这个名词,空气一样
不请自来,坐在我的对面一直微笑,没有举杯
也没有动一下筷子

这个死去多年的老家伙大概也喝醉了
突然动了起来,用眼睛跟我划拳
老家伙明明输了,却耍赖
抚摸着我的头,教训我:你个小王八犊子……

我还想和他再干两杯,把老家伙灌醉
举起杯,碰到的却是我眼角
早已埋伏的一群泪水……

(选自诗集《行者》,长江文艺出版社 2015 年)

娜夜(三首)

这 里

我经常对着灰蒙蒙的天空发呆
那上面什么都没有

什么都没有的天空
鹰会突然害怕起来

低下头　有时我想哭
我想念高原之上搬动着巨石般大块云朵的天空
强烈的紫外光
烘烤着敦煌的太阳
也烘烤着辽阔的贫瘠与荒凉

我想念它的贫瘠!
我想念它的荒凉!

这里　我栽种骆驼刺　芨芨草　栽种故乡
这个词
我随手抓着眼前的空气
一把给阳关

一把给故人
一把被大风吹向河西走廊

诗人之心

一本旧书
一个生词：职业革命者
上午的阅读停止了

以革命为职业
那流血牺牲呢？
我望文生义
浮想联翩

我已经很少浮想联翩了
天天向下的还有我根须一样的想象力
眼眶潮湿
或者悲从中来
不是我胸前佩戴过的红领巾
档案袋里的誓言
思想里的白发
而是一颗依然天真的诗人之心

喜　悦

这古老的火焰多么值得信赖
这些有根带泥的土豆　白菜
这馒头上的热气
萝卜上的霜

在它们中间
我不再是自己的陌生人
生活也不在别处

我体验着佛经上说的:喜悦

围裙上的向日葵爱情般扭转着我的身体:
老太阳　你好吗

像农耕时代一样好?
一缕炊烟的伤感涌出了谁的眼眶

老太阳　我不爱一个猛烈加速的时代
这些与世界接轨的房间……

朝露与汗水与呼啸山风的回声——我爱
一间农耕气息的厨房　和它
黄昏时的空酒瓶

小板凳上的我

(选自《读诗》2015年第三卷)

南南千雪(两首)

旁观者的高度

旁观者的高度便是
无边无际的茅草
它们是你的
金属色的峡谷
它们是你的
奔跑的鹿
它们是你的

当北方在茫茫大野铺开它的荒凉
一只枭
停在凶悍的高度
它的启示如此神秘
秋天是时间的患者
飞翔是一种病
要等到雪
需受一些伤和某种耐心

做为惩罚

你来到这里

黑暗浓郁

废墟辽阔

寂静深深

像某个宽大的屋宇

却没有屋顶

你听到宣告

"宇宙已经就绪"

光芒轰响

大石分裂

这是天赐

你,独行者,冷峻,专注,固执

做为惩罚

爱与计谋得逞

(选自《湖南文学》2015 年 3 期)

南野(三首)

老虎的残骸

我想我逼近了一只老虎。它的牙齿断裂了
它的嘴张开,但没有吼叫。它的头颅炸开
其中的思想已成空洞。仿佛子弹扫过
它的身体破碎。我找不到那强健的四肢和长尾
产生疑惑:它像被鳄鱼在烂泥里撕开的那种巨兽
像一条狗被撞烂在街头,像甲虫被踩过

它的灿烂的外表有血肉模糊的炫丽与昏暗
像一个愤怒的孩子描绘的暴风景色
我联想到那些笔划缭乱的森林与乌云
这就是我深夜起床,于黑暗中撞上的一个景象
我爆发出一阵激烈的嘶叫
但全然没有声音

可悲的华丽

世界已如此平庸。像这些骸骨所在的处所
已经发生的毁灭是惟一可吃惊的状态
那一种摧毁之后就没有再需要绝灭之物
"我如此僵硬和茫然",在穿越这可悲的华丽存在

四处泥泞是我的想象。实际上街道宽阔

或许得思考某些人的快乐与另一些人的悲哀
我停留想象的边缘。倾听熟悉的可笑的言语
那些无望的人装饰了自己
又仿佛一群多彩的鹦鹉争先恐后地叫喊着

像热带雨林那样喧闹的背景中
我拖着缄默的步伐行进其间的地域
像那个侦探,"我陷入了极度抑郁"[2]
我迫切需要隔开一段距离来看待很多事

寂静的幻象

深棕色的鹿,白色的尾在树林一闪而过
我发出惊恐的叫声:像风嘶哑的边缘撞在树枝
像那道裂缝。老虎的巨大幻象出现
(夜晚我在卧室的墙边,似乎梦醒的瞬间
望及老虎具有裂痕的身影)

我们越来越陌生了。我盯着镜子中那张面孔
如一只猛兽在湖边准备畅饮而犹疑的一刻
重复的次数太多。以致于感伤而失去警觉
(随后我看到老虎粉碎的爪子拍击在岩石
血肉飞溅,那暴躁的呼吼被狂风荡净)

老虎不理会鹿之思。它扑击的步伐坚决无声
老虎亦不寻求敬爱。老虎的死亡就是死亡本身
森林喧闹起来而更辽阔的寂静已然开始

(选自《北回归线》总第 10 期,2015 年)

宁明(三首)

在响水寺

一种水声悄悄从心底涌出
漫过上山的石阶
去解救,一条等待放生的鱼

其实,鱼早已放弃了生翅的念头
把悠扬的诵经声当作流水声
每天傍晚,都重温一遍

寺院墙外,一座很深的放生池
与我所了解的那条鱼
之间却隔着,一生游不完的距离

静 秋

一枚佯睡在木板上的秋叶
其实是在向木纹忏悔
它没能在春天走进树的心里
热闹一夏后,被遗弃在了秋天

叶子的感情脉络一生复杂
一边搂着树枝的肩膀
一边还要与每一阵风逢场作戏
它一辈子,也过不上几天安宁的日子
心,终于可以安静下来了
虽然失去一些爱,但一枚叶子
并不想责怪自己的命运

一只鸭

无论春水还是秋水
一只鸭,都不愿去想
它们的深浅

游在湖中的鸭
也不担心,湖水干涸或洪水
有一天会找上门来

鸭对水的期望很简单
只要不冷成冰,就阻挡不住
它身后绽开的一行浪花

(选自《诗选刊》2015 年第 4 期)

庞培(三首)

光与影

房子在默默咀嚼
我也跟着咀嚼
屋瓦上的霜,晨雾
枝桠上的秋天

推土机在工地上挖
我也跟着下挖:
人声。停车位。含在蟋蟀嘴里
黑夜的金属味道

初　秋

清晨,小鸟仿佛在抖落身上的冰渣
但这只是九月
在我的窗外
冬天还很远

我一时怔忡:或许
我也是某个晶亮发光体

是飞鸟恐怖梦境的
模糊光斑?

树林岑寂无声
大海岑寂无声
白白的晨雾,如同雪花飞旋
树林上方,太阳稳稳高悬

归来的雨

深夜的雨是一面面镜子
半梦的女人从床上起来
喝下半醒的茶
一滴脸盆大的雨
打烂了容颜
她把脸半埋在枕头
听雨。听火车天亮前
湿漉漉地到站
活腻了几个世纪的火车
只在女人的眼眶里转动轮子
提速、疾驶
闪烁着站台
黎明的街头
走过一名湿润的行人
路灯下他的脸几乎撞到了雨
她把他的头温柔地别转
半转过身子
多年的离散
从镜中归来

(选自《诗诗》2015年第二卷)

彭敏(两首)

七 月

汲水的少女在返回的路上撞见了鸟群
异乡人牵来三匹骆驼,告诉她
远方的森林正在拦截上游的河流

少女手中的瓦罐被啜饮一空
然后打碎。一个男人,嘴唇苍白
怀抱冰块走过正午的大街

远近的市镇在夜里敞开门窗
田野上堆起一座座无碑的坟茔
"瞧,连布谷鸟也停止了鸣叫。"

少女在月光下拾起九支断镞的箭矢
皱起的眉头向贫血的草原留下
一滴朝露。太阳升起来,吮尽露水

天空就涨满了乌云。当男人把怀里的冰块
递向一个浑身冒汗的老者,雨水的细密鼓点
就和闪电一同降落在兄弟们的屋顶

不眠夜

凌晨两点的梦魇,让墙上的钟永远
僵在了午夜。房间被住过的人带走
大楼里空空荡荡,挤满剩下的亡灵

迫在眉睫的处决被一再推迟,但并不
取消。电梯普度众生:进去一位少女
出来一个老翁。嫖客和杀戮者从双人床上

取走相同的物品。昏昏欲睡时就有警报
响起。冲到楼梯口却又了无痕迹。必须
有一双长长的手,可以到处乱摸;有一把

锋利的小刀,在摸黑的地方刻上仇人的姓名
这深夜藏起了多少无人眷顾的风景,有人在远方
低声吟唱,换下的衬衫和长裤就飘在了半空

该结束了,写入梦境的并非都成为风景
蝴蝶在垃圾堆里诅咒花丛。一辆卡车穿城
而过,有多少货物,就卷起多少灰尘

(选自《建安》2015年2期)

普冬(三首)

艳　遇

我手上的烟在桌子底下
燃得像一群鬼鬼祟祟的麻雀
恍惚中,飘来一个烟一样的女人
"请给我一支烟。先生!"
"是。"
我一脸媚笑点上火
像暗夜打洞的老鼠发现另一只
过来一个打黑蝴蝶结的男生
"吸烟的请到外边去"
于是,鱼贯如两只偷情的野鸭
我们在一棵国槐下落定

诗　人

我一觉醒来发现
一树的鸟儿连同那只鸟笼
都成了浪漫诗人和现实主义诗人
黄鹂是早晨的诗人
乌鸦是夕阳的诗人

鹦鹉当然是超诗人
连长年打鸣的公鸡也把它
"关于蛋的 n 种孵化与可能性"博士论文
打了回车。

鸟笼的诗是这样的
方亦圆来圆亦方,
我们是鸟的鸟是我们的

牡丹故事

牡丹国里走出红色的
汉唐。马蹄上躺着貌美的王后
精壮的太阳喷薄。
一百个仙子香香地说话
大风哗哗吹。牡丹故事
树一样老,云一样淡

牡丹妩媚的女儿初长成
和亲的公主跪在母亲的血地
男人女人在旷野上跳舞
修炼成一摞摞历史。
父王的帐篷出走小媚娘
发育成爱情。
一千个虞姬软软的书信
一千个媚娘软软的淌成河

英雄、佳人与猴子在魔羯
狮子座下歌唱。
今夜的星星扶老携幼

牡丹丰盈得一点就破
我收到春天来信，
原来花朵可以开得像牡丹

(选自普冬诗集《太阳穿过白桦树丛》，光明日报出版社 2015 年)

沈苇(四首)

林　中

落叶铺了一地
几声鸟鸣挂在树梢

一匹马站在阴影里,四蹄深陷寂静
而血管里仍是火在奔跑

风的斧子变得锋利,猛地砍了过来
一棵树的颤栗迅速传遍整座林子

光线悄悄移走,熄灭一地金黄
紧接着,关闭天空的蓝

大地无言,雪就要落下来。此时此刻
没有一种忧伤比得上万物的克制和忍耐

楼兰美女

死亡是一种隐私
我们却将她公布于众

死亡是一种尊严
我们却在她身边溜达
嘀嘀咕咕,指指点点

如果我能代表盗墓贼
考古队员和博物馆
那么,我将请求她的原谅
原谅人类这点
胆怯而悲哀的好奇心

我无法揣度她的美貌
也不能说,她仅仅是一具木乃伊
如果我有一辆奇幻马车
就将她送回沙漠,送回罗布泊
在塔克拉玛干这个伟大的墓地
让她安息,再也不受
人类的惊扰和冒犯

死亡是她的故乡,她的栖息地
我们岂能让她死后流落他乡?
岂能让美丽的亡灵继续受苦?

她的无言就是告白
她的微笑使我敬畏
因为我知道,她精通死
胜过我们理解生

月 亮

月亮有着敏感的嗅觉

闻到大地上无边睡眠的悲伤气息
他的缄默,是一粒尘土的缄默
他的疾病,被月亮治愈

年轻时,他将孤独储蓄在月亮上
到晚年,利息连同本金可以一起滚动了
瞧啊,他的嫦娥在逃亡
那一点点消逝的光的裙裾
和桂花的芬芳

他储蓄美、荒凉,却没有一把扫帚
去清扫天空的灰烬
一次又一次,月亮那么温驯
一次又一次,月亮被支付给死亡
莫非它是前世遗忘的一只眼睛
古老目光含着冷霜和鞭痕
仍在将他久久凝视
如同一个银制的咒符

在泥泞人生中,不是伸手可及的一切
爱情,友谊,居所,窗外的草坪
影响了他的面容和个性
他发现,他是被失去的事物
被一只死去的月亮,创造着

异乡人

异乡人!行走在两种身份之间
他乡的隐形人和故乡的陌生人

远方的景物、面影,涌入眼帘
多么心爱的异乡的大地和寥廓

在异族的山冈上,你建起一座小屋
一阵风暴袭来,将它拆得七零八落

回到故乡,田野已毁村庄荒芜
孩子们驱逐你像驱逐一条老狗

你已被两个地方抛弃了
却自以为拥有两个世界

像一只又脏又破的皮球
被野蛮的脚,踢来踢去

异乡人!一手掸落仆仆风尘
一手捂紧身上和心头的裂痕

(选自《诗选刊》2015 年第 8 期)

施施然(三首)

风一样自然地来

就像春天要重回大地。雏菊和野百合
要在田间次第开放。麻雀在春风绿色的手臂上
吱吱喳喳,为即将到来的惊蛰欢欣歌唱

就像你突然从冬天逃了出来,抖落
身上的料峭,变成一条奔涌的河流
辗转在海的方向

不要再躲闪你的目光,有些事情
注定无法阻挡。就像云层洒下的雨滴
钱塘涨起的潮水,婴儿在腹中孕育,种子
要变成另一个模样,以及
你偶然驻足,爱上我眼里一闪而过的忧伤

我们在古书里私定了终身

我们已经在古书里私定了终身
为了和你相遇,我在上下五千年
辗转。素手将星辰翻阅

我们远离尘嚣,寻一处小庭
深院。柳丝儿在软金里脉脉絮语,翻译
我们的缱绻。素色旗袍将烛色晕染
我摘一首新鲜欲滴的小诗,为你红袖添香
你草书遒劲的落款,醉倒日月
就这样我们执意在古书的仙境里
饮黄藤酒,读圣贤书,赏
水墨山水,画工笔仕女
听我用高山流水浣过无数次的喉咙
为你唱:却原来姹紫嫣红开遍……

预谋一场两千年后的私奔

想你之前,我要点一炉香
你可以管它叫沉香屑,或者熏衣草
紫色香雾是你延伸来的藤蔓。我的
思念,是藤蔓里盛开的百合

古时候的书生,沐浴熏香后读书
而今的我,在香气氤氲里想你

不要以为,我只会像崔莺莺焚香许愿
我身上流淌的,其实是林道静的血液
红色棉布格裙就是凡士林布学生装的承袭
一起承袭的还有她的精神,比如此时
在香气缭绕里,预谋一场两千年后的私奔

(选自《关雎爱情诗》2015年冬之卷)

苏若兮(四首)

我们都是孤独的

河里涨满了河水
它是大地饱满的乳汁
很久不再醉了
可看到麦子抽穗
油菜花像疯恋田垄的女人
我想说,再见
病,再见,罪过
我们可以像隐士和狗一样快活

暮 年

我想了,想你更靠近些

视线模糊
你说你看出柏杨上的树叶
疲倦了,但还在留恋枝桠
绿意没有了,想哭也哭不出

鸟声欢畅

我的一颗心,飘浮
在你的海浪之上

手指上,尽是琴音
它在你的身体上
弹了快有整整一生

我是长卷
展开,就是你写就的诗

昨夜暴风雨
停了

注　释

月亮一走上天空
就显得温情
小男孩的手又伸进他妈妈的衣衫内
摸他曾吮过的乳房
"这里好舒服呀,妈妈"

有颗星星跛着脚
在原地跳啊跳

要分享的人间
被梦打扫了
死角等垃圾,等得无比孤单

"要么庸俗,要么孤独"

我叙述我时

月亮的另一面,黑漆漆的

我习惯把一个陌生人送进一个熟悉的场景
看江水奔腾
背着我辽阔,渺小,失踪

我都不知
如何踩上这梦的遗址

那么多泡沫状的坟墓
有幻想待在其中

我不想开花
但蝴蝶来了。
世界之大,竟无处安放自己的身体

或者就是烈火对于陶制品的意义
流水对于河床的意义
圆月亮对于天空的意义

我写诗,暂存于世
靠得很近,却错过了情欲

(选自《汉诗》2015 年第 3 期)

苏浅(四首)

陷在一首诗里

读狄金森,读她
造就的草原
我也
有白日梦,也张开了翅膀
也在寂静的夜晚
被深深的苜蓿埋到胸口
也一低头
就远离了人群

一个人的月亮

我看见月亮,它更亮了
我想它是为了让我看见,而
更亮了。它就在那里
在那高高的山顶上
当我凝视它,我有一种奇怪的感觉
我想把手放在上面一会儿
在它孤独的表面
我想我会禁不住一阵颤抖

数亿年的荒凉
一个星球陌生的倦意
被一只温热的手突然触碰
——它会怎样?

致大海

我爱你。时光流转,这一场际遇远大,辽阔。
这波澜,这风暴吹在心头,完全出自愿望
这自由。我爱你,你不在我的身后,
不在任何我看不见的地方。你在我的生命里,
是我最新鲜的那部分;你是我爱
而呼吸着的那部分。夏季茂盛。炽热。你就是黑暗。
是梦。
是汹涌的年华带我衰亡。
是死亡需要我。

入　画

想象一种可能的方式
打虎,但不醉酒,也不过景阳岗

路遇武松,就叫他兄弟,抱拳,问好
喜欢他,但不能脸红

一路婉转,相谈甚欢
他看到桃花,我想着猛虎

(选自苏浅《是什么没有了》,《诗歌 EMS 周刊》2015 年 5 月第 4 期)

孙磊(四首)

刺　点

我还在这儿,
树下遇见更多的树,
你身边有更多的身边,
我是你边上
最短的边,
直到很久以后,成为
最老的边,
树下依旧能遇见树,
身边依然依偎着身边,
你仍是你,
而我,还在这儿,
像一截经过勒紧又剪断的
绷带。

失　去

我多次选择的
不知疲倦的
在祖母的旧屋中成为浮尘的

屋外枣树、桑树、杨树下如火般炽烈的
院子里坐温的石板上充满刻痕的
村庄般不断被绝望剪辑的
街面上泥泞的
信心
今天突然撒手
澜沧江湍急的水流里
闪耀着刚愎的族群式的声音
它席卷的黑暗
再次黑下来
在明亮的午后
山也一瞬间趴下
附耳
但我没有听到
他说给我的一切

独　居

一天下来,
一天慢慢地消磨下来,
一根烟有一段雾霾式的沉溺,
茶突然就凉了,
没有更多的水在身体里,
没有更多的日子浮在水里,
没有独个
也没有独自的一天。
一天下来,独享众声喧哗。

唯有你

在监狱中行走,

在巨大无法估量的盒子里，
在生锈的钉子中，那些昏暗的钉子
一粒粒的食物般地盯着我的饥饿；
在饥饿中，香水已经疲倦得颤抖了
在颤动的衰败里行走，
不停下，不定住，不说，
不属于任何一片黑暗，
而建筑的阴影总让我诧异，
像树林的突然黏连，紧紧地不分彼此地
连在一起，滞重而脆弱。
此时，我爱的人
唯有你缓缓进入我的内心。

(选自《诗建设》2015年冬季号)

谭畅(四首)

前　夫

眼眶盛满灰烬
几乎消失了最后一点暗红
那个疲倦的男人
骨架还是周整的
身边高个美女挑着草帽在走
美术馆里忘记插花的瓶
跟画中人形体遥遥呼应
精髓竟被桀骜油彩吸干
每个新人都是前妻的容器
"耗尽了……"有友如是说
她如何耗尽世上的男人和女人
却又开始自己的新生
眉眼透着惊惶
卯着劲儿站到高处
在时间里隐隐挣扎

今夜埃及

不要脸,捂住它

一大片赤裸裸的惊恐
指缝里溢出来的鲜红
今夜埃及的枪声惊醒残梦
你是谁,你在哪
国籍和土地不是家园
荒郊的野坟已被推平

平缓的喘息,漠然的眼眸
电影一样浸入画面和悲剧
可耻的安全距离
烧成黑色的焦炭似乎不是人体
红色的染料也不是真的血
成团抛在爆炸的路边
成排躺在医院走廊,绊倒慌张的人
一堆结疤的枯枝
一把能用橡皮筋捆绑的鲜艳铅笔

海水漫上来,揉搓和洗刷
永远归零的沙滩。你听不见声音
听不懂这可怕的沉默
行将淹没的物种
一次次消灭着自身

新　生

非要把血口子撕大
才承认自己也会疼
脑门闪着寒光假装坚强
有几个人不把栅栏围在身边
提防心刺入空气深处

又惧怕摩擦声锋利
多少人想柔软地死去
却担心时间的掩埋

灰尘　向上　向下
在光线里打旋
咳嗽出的泪水谁承认酸楚
有颗尘埃扑到眼里了
从光明正大的前世

海子墓

头顶的白鸟一次次俯冲下来
却因胆怯而转身,定定地
悬浮在一人高的野草上空
诗人的墓白白的,小小的
安静微笑的黑白照片
他回头看着我,不说话
我喊叫,挥手,泪贯双颊
有人听得懂吗
他竟直直飞过来
又从指尖掠过,滑到一边去
泪水更猛烈了
他再一次飞回来
还是掠过去,野草混乱。
他怕的不该是我
是宿命两隔的定数吗
我留不下他,他又想留下什么

（选自自印诗集《大女人·说话》2015 年）

谭克修(三首)

厨房里的雪

你喜欢用竹竿,把落在屋后的
毛竹和杨梅树叶上的雪
打落到自己身上
杨梅树的叶子是绿色的
正好映衬着你的红色小棉袄
我记得你用竹竿打落树上的杨梅时
穿的是格子衬衣和凉鞋
所以,每年立夏时节
楼下的姑娘刚露出乳沟
我就会去水果店等着
你打下来的杨梅
昨天等到的是乌梅,个儿小,很甜
今天等到了大颗的杨梅,很酸
我把杨梅洗净,盛到瓷碗里
再往上面撒白砂糖
当白色小糖粒落向红色的杨梅
我看见厨房里下起了雪
雪很大,不断地落下,落下
我无法用一个瓷碗接住

全部落在了你身上

精神病院

丈夫在建筑工地死去不久
邹碧容就爱上了其他男人
看见陌生男人也跑过去
牵他的手,说,我们做爱吧
给她看病的都是女医生
她在精神病院住了半年
病情也没见好转
医生说她烦躁的时候
就会喊叫——
世上的男人都死绝了
我想做爱
她今天情绪不好
我只能隔着玻璃看她
用樟树上几只临时造访的麻雀
接受她的倾述和痴笑
精神病院的对面
是天心钢材大市场
那些螺纹钢、槽钢、角钢、工字钢
以及各种管材、板材
一直忙碌着,发出尖锐的呼啸
正好被我和她的中枢神经系统
凌乱地收纳

地心引力

今年以来我开始关注落下的事物

我看见天空有无穷的雨落下
青竹湖的桃花和樱花落下
熟透了的桃子和杨梅落下
一个大腿抽筋的人突然落向地面
一个披头散发的人从湘江大桥落下
而你们只关注向上生长的事物
为草木向上生长而喜悦
为烟花冲向高空而欢呼
你们不断长高，带着荣誉和职位
你们的理想还在扶摇直上
我希望高过云层的飞机
没有被你们炮弹一样的理想击毁
能安全落下，让我疲倦的身子回家
平静地接受小区突然停电
必须从楼梯慢慢爬到九楼的命运
我一天一天体会到地心引力在变大
体验身体被这力量逐渐拉弯的过程
总有一天，我再也爬不上九楼
甚至在一楼也站不稳
像大腿抽筋的人一样落向地面
但我将从地面继续往下，落进一个深坑
但多深的坑也留不住我
我将被拉着，继续往下，往下

(选自《大象诗志》2015年第二辑)

唐果(三首)

停电之诗

小城停电,鸟类飞回巢穴。
没有电,它们声带的发动机无法转动,
而使翅膀上下翻飞的气流
板结如水泥。

停电了,时间的漏洞堵上,
青春不再流逝,黑发不再变成白发。
往往,停电只有那么一瞬,
那是仁慈的上帝,请疲惫的你闭上眼睛

电流比水张狂,流势汹汹
流向城市的每个角落,
所到之处,一切便无可遁形,
一切便朝着既定的轨道滚去。

你只要记那些黑暗中的瞬间,
萤火虫举着小灯笼满城巡视,相爱的人
在互相擦拭身体。两个小功率发动力
为城镇贡献了所有的光明。

阁楼诗

它迟迟不肯下来
在横梁上,它蹲伏了那么久
它是一个易碎的固体
如果地上没有柔软的东西依托
掉在瓷砖上,它会碎掉

我又急切地想要近距离地见到它
用自己的棱角
与它笔直的棱角相较
在找不到海绵、胶垫或云层时
我只有掏出身体中最柔软的部分

一种武器与另一种武器
无论对抗还是接纳,都是恰当的
我愿意为这无休止的好奇心
为更精确地描绘事件的轮廓
付出相对的代价

饥饿的云

白云在天上飘
有时像羊群
有时像棉花糖
羊群是自己爬上天的
她曾经看到一群羊
顺着山峦
爬上了天空

她放飞手中的棉花糖
白云吃下它们
一点都没变胖
还有一些在空中候着
饥饿的云　在途中

（选自于坚编《诗与思》第 2 辑，重庆大学出版社 2015 年）

汤养宗(四首)

穿墙术

我将穿墙而过,来到谁的房间,来到
君子们所不欲的隔壁
那里将飞出一把斧头,也可能是看见
锈迹斑斑的故乡,以及诗歌与母亲的一张床
担负着被诅咒,棒喝,或者真理顿开
我形迹可疑,却两肋生风
下一刻,一个愚氓就要胜出
鬼那样,又要到了另一张脸
而我的仇人在尖叫:"多么没有理由的闪电
这畜生,竟做了两次人!"

往父母坟地的路上

前往父母坟地的路上,一些不同的野草
奔跑了起来。一朵勿忘我撅着嘴说:
"你的母亲昨晚还抚摸过我
看见了吧?我是有体温的。"

我有些不安,却只能像一个哑巴

继续听话:"他们两个有时坐在月光下说话
话里头,好像还有什么牵挂……"
说这话的苦楝子,声音是湿润的

有几棵草已经跑到前面去了
远处,有谁咳嗽了一下。
而这句话我听得最清楚:"我们都是证人
我们都知道,你就是那个最小的男孩。"

洞 穴

关于洞穴,更多的人还没有出来。在某一个夜晚
我是进去了,二十年后,我还是这样说:
"它像花朵。但更像
永不能愈合的伤口。"我想我是细菌,是
一双迫不及待的鞋子。是长达几十分钟的
一次闪电。关于洞穴,我想我没有身份
其他男人也没有。"这是你的家,
你不能到了家门口,就扭头走掉。"这是若干
天前,我听到的真心话。关于洞穴
我卸下了蜜,卸下了许多块骨殖
那里头有高利贷,有精密的坡度。有豢养在
秘室里的一条跛腿的怪兽。有风声
当它吹来时,我想到了数字,是相加和相减
的数字。关于洞穴,你不能
随便说话,你不能这样说:"我是一个沉思者,
是冷空气。"你不适合这种容器
你无处藏身。你哭吧,在黎明前把眼泪擦掉
再好好学着做人。那么,你的白天
在哪里?关于洞穴,我有一架马车那么长的

记忆。我已经成了谁的饥荒。我掌管着
十八种部队,我的训示是:"要感觉到
空气在燃烧!"哈,那些听话的小蝌蚪
都是花朵的粮食。关于洞穴
更多的人还没有出来。

清明的门

又到了天上地下人间共同的苦口日。清风
不清,山野上不知名的鸟头转来转去
遍地都是开门声,墓地与坟头,门一扇扇
不约而同地打开,那些栖居在
松柏中的人,野草中的人,盒子中
和陶瓷罐中的人,擦着脸上的雨粒,在门前
清点着谁与谁的名字,语重的与心长的
用结绳,或者用石颗,在手上慢慢捻过
我的亲人们也在当中。一些话
依然有药汁味,交代雨水,风声,也查阅
光阴中的明暗部位,我们内心的针尖
逐一被安顿。另一些门却一直紧闭着
别名叫荒坟,让人看着着急,他们要见的人
再也没有等到,他们望了又望
隐身中又一次隐身,回头,门真正地关上

(选自《鄞州诗刊》2015年第1期)

田湘(三首)

雪 人

一个人老去的方式很简单
就像站在雪中,瞬间便满头白发

没想到镜子里,有一天也下起了大雪
再也找不到往昔的模样

可我不忍老去,一直站在原地等你,
我固执地等,傻傻地等
不知不觉已变成雪人

我因此也有了一颗冷酷而坚硬的心
除了你,哪怕是上帝的眼泪
也不能将我融化

残 花

一束开在荒野的花朵
我见到她时
正在一片片凋落

她初绽的含羞
和怒放的姿态
她曾经的孤寂与幸福
她为谁而开,又为谁而谢
无人知晓,也不忍探究
就像无须去探究一位迟暮美人的过去
一朵即将消逝的花
没有人来怜惜
我也无法替她说出内心
但我在见到她的瞬间心就痛了起来
好像凋落的不是她,是我自己
好像是我在这无人的地方
悄然死去了一次

没有人能阻止一朵花的衰败
正如没有人能阻止她的盛开

谁也无法看到玻璃的内心

你看见了玻璃,并透过玻璃
看到了玻璃以外的事物
一座疲惫的城市在玻璃之外喘息

玻璃是透明的,阳光可以
穿过玻璃走向你,你的目光
也可以穿过玻璃走出去
但你的身体走不出去,雾霾也走不进来
两种物质之间隔着透明的玻璃
除非玻璃碎了,淌出血来

(选自自印诗集《玻璃》,2016年)

田原(三首)

必 须

我必须回到人民中间
聆听谩骂和思考暴力
我必须来到广场上
抵抗专制和揭穿蒙骗

我必须扶正错位的历史
还原它的真实
我必须找回失落的记忆
让它重新浮现

我必须面对咆哮的大海
一起为它的残忍感伤
我必须仰视盘旋的鹰隼
让它们的翅膀永远牵引我的目光

我必须向高山学习
——一把戳破乌云的利剑
我必须从峡谷的回声中
分辨出悬棺的呢喃

我必须变成燃烧的火把
永远照亮一个人
我必须化作一颗流星
滑向黑夜的远方

我必须在唐诗里小住一段
温习古人的教养
我必须质疑文明
是否把地球领往毁灭的方向

我必须想象太阳神岩画
看它的笑容里藏下了多少难言之隐
我必须吹奏出土的陶埙
看它还能否发出古时的悲怆

我必须扪心自问
自己是不是他人
我必须常常思考
今生与来世有何不同

乡　愁

鸟鸣越来越不像鸟鸣了
鸟站在枝头上的影子
落在地上
重重地

大地长满了思念的苔藓

一匹漂亮的母鹿挣脱着篱笆

它在寸草不生的都市
呼唤着草原

写给梓依

接纳你的世界对你是多么宽容
——它并非全部的和平被你贪婪地吮吸
无形的风为你在窗玻璃里留下踪影
樱花间的小鸟啾鸣着向你报告春天
云朵透过窗在你的瞳孔里飘动
对于牙牙学语的你
世界也许是无边的晴空
因为你还不懂得阳光下
明亮里的黑暗和温暖里的寒冷

比你婴儿车轮大的是地球
比星空深邃的是母爱的宇宙
听着你的啼哭和笑声
看着你在妈妈催眠曲里的睡容
我多想说：女儿啊
大地上所有的婴孩都像你
世界该有多好！

（选自原诗集《梦蛇》，东方出版社 2015 年）

瓦当(三首)

朗 诵

我在一个幽静的夜晚
听见一个女人在朗诵
她面朝河水,长发低垂
双手放在胸前
无法看到她的脸庞
只闻见风吹来她身上的香气
也许是玫瑰,也许是泪水
她声音甜美,语意深情
使我不由地猜测
也许,今夜我遇见的是
艾米莉·狄金森

我在她身后伫立许久
她却从未回头
我感觉光阴飞逝,似已多年
她尚青春动人
我却已衰老无比
我想伸手扶住她的肩膀
看她群星幻变依然不改的容颜

这时,我听见她说:
如果你在百年中爱过一个人……

谣　曲

为寻访一段失落的爱情
我来到阔别多年的城市
向那些渐次衰老的少女
奉上琥珀和月桂

愿她们心满意足
愿我看清那些灼人的秘密
愿我把死马医成活马
而对命运保持沉默

我是如此知趣
虽然不合时宜
像一只牡蛎
怀抱爱情却不能开口说出
直至在漫漫海角无声地死去

我爱的只是一个拾垃圾的少女
明天,她会在哪个角落里发现我?
但愿她能为我哭上一场
哪怕过后就永远地遗忘

在我们国家的一些州

有一次,我开车从我们国家的一个州到了另一个州
我是说从滨州到德州

去北京的路上,我还路过了沧州
杀人放火的沧州
酒葫芦颈系花枪的林冲和小旋风柴进
一个诗人在高速公路上向你们致敬
也致敬青州的赵明诚夫妇
谢谢归来堂盛情的时光

在南方的一些富足的州
我偶尔去过的那些州
比如杭州、苏州、福州和广州
比佛罗里达更靠南
那里有下不完的雨
花不完的银子和开不败的女人
有时,他们也谈起北方的一些州
像谈起非洲的穷亲戚

(选自瓦当自印诗集《我们国家的一些州》,2015年)

王东东(两首)

诗

我感到不适……
胸前压着一块磐石
光洁无比,顶端
没入了云雾

胳膊刺痛,压痕累累
我用力翻了翻身
磐石,訇然倒塌
凑近了看,原来是
一段虚无的铭文
隐现在草丛里

诗产生自不安。诗是
我的疾病,犹如
从药草推测病人的
症状。我吓了你一跳吗?
在我的病历上写着——
曾同一朵云同寝
被其无故压伤

——我要为我松散的新诗辩护?
所谓自由,就是
与一朵云同寝,被其无故压伤

给一个诗人的墓志铭

我望向窗外,为何你等不及黑夜中的收割者?
当他穿过田野捡拾麦穗,时间已到了冬天。
他总是迟到,为了不让人们抱怨没有准备好。
而宁愿纵身一跃?你向往的晚年就此消失,
仿佛在出海口汇入大海,你可会再次
洄游到内陆产卵,增加世上智慧之盐的浓度?

生命的,太生命的!如果不是生命,诗是什么?
为何不能效法古人吟诵人生苦短?在华北平原,
暖气已供的室内飞舞一只苍蝇,打扰猫的清眠。

一张网撒在天空,让鸟类学会飞翔。人的语言
越流利就越危险。有一只巨手在揉搓你的心脏,
你已无法喊疼,只看着窗外,胸中的火焰燃烧。

哲学的,太哲学的!不该自杀的人却自杀了
该自杀的人却没杀,你的自杀不能杀死他。
甚至也不能让他羞愧。世上的好人越来越少。

中年,开始在发现自己的儿子是弱智之后。
而且还成了自己的学生。那么,自己的老师呢?
谱系图上的病历,仿佛祖国和爱情都无法选择。

接受你高贵言辞的安慰,我却不懂得你的孤独。

你已完成了地狱的旅行,中国仍历历在目;但你也
在昭示我,凭一己之力抵达天堂,无人可以向导。

(选自《诗建设》2015年春季号)

微紫(三首)

世界只爱他的死亡

他对世界爱了一生
而世界只爱了他的死亡
因为世界的本质,只需要
泥土去补充,和着水
去创造坟冢之上的春天与花冠
人们的心,制造着不完满的事物
人们的痛,像水汽蒸发在空中
那诱惑与推动着我们的
是生殖之爱,与运河上空
新鲜,幽静的月亮

啜　饮

这一片容纳了
一切光照与投影的河水
真的是另一种物质?
我和它究竟有何不同?
我只能以消失的方式到它的内部去
而它无法成为我?

春天被反复记忆与唤起
万物不曾衰老
鸟儿还在天空飞翔
桑葚重复着坠落的甜汁
也许我也会再次来到这里
在另一个此刻,用一种
不同的脉管,啜饮

时间的风仍是辽阔的

小小的甲虫,连同它壳上的七个点,是完美的
天空的布面,和连缀其上的星星,也已是恒久的
神造我,却要不停地变化与旅行
我的身体和内心在走着两条并行而不同的路
身体从幼小长大,又慢慢变老
而内心的轨迹,经过了多少山峦,平谷和波涛
穿越与到达的路程这样漫长而曲折
以至我无事可做,停下来时
以为坐在了平静持杯的死亡面前
时间的风仍是辽阔的
上帝的手中持有一枚种子
在阴雨潮湿的天气就会发霉
我长长的一生所履行与实践的
也许正是他创造与修正的旨意

(选自《湍流》2015 年总第 5 期)

卧夫(三首)

圈 套

太阳又出来了,这种感觉突然很好
而且我疯狂地爱上了我给自己设的这个圈套
而且我钻进了圈套里等待两种结果
一是像狗一样被人牵着
一是把自己吊死。炉火在我梦里越烧越旺
猪们在其他地方哼着流行歌曲
为了把沧桑写在脸上,我挣扎了好几十年
今天早晨 7:23 分,只有心在跳动
花盆里的植物渴死了好几种
上帝告诉我,你刚刚把自己感动了一点点

上帝告诉我,我果然是给自己设了圈套
上帝还告诉我,灰喜鹊偶尔去向不明
上帝总是告诉我们许多事情
唯独不知道我不喜欢数学和外语
我甚至想把我藏起来
直到我自己都找不着我藏在什么地方了
天上的鸟群呵你停一停,给我一根羽毛好不好
玻璃外面,过客来去匆匆

也许你可以远行。我将在圈套里
死心塌地为你祝福

不为瓦全

我在鱼缸里挖出几双筷子,和稿纸
然后,把一块圆形的石头奉为至宝
海子说:把石头还给石头
可我总是想起麦子。那绝望的麦子呵
你的墓地种满了别人的树
前些时候,诗人还是诗人
和尚都懂礼貌,而不是破门而入
如今就不同了
淋雨的人找到了淋雨的理由
醉酒的人找到了醉酒的理由

我往海边的烛光吹了一口仙气
对一些摇旗呐喊的男女冷笑几声
听说,海水哗啦一下就能被导演成碎玻璃
可我分明看见更多的动物最想说普通话
幸福的海子呀,你是多么幸运
不管三七二十一
还可以不关心天下的乌鸦穿的都是什么衣裳
我擦完鼻涕,把一页诗稿撕裂的时候咬牙切齿
不为玉碎
不为瓦全

最后一分钟

我没等完最后一分钟

就把门锁上了
窗外的树在雪里并没说冷不冷
今后,我想把阴影省着点用
我想把灯关了,我扮成鬼
对死人说一些风凉话
死人不耐寒的时候
我把死人生前所渴望的一杯白水泼到地上
写一首赞歌
赞美那些死去的活人
赞美那些活着的死人
祝贺他们经历过生或死的有效期
直到这个节日的爆竹奋不顾身
惊醒另一个早春

(选自《诗建设》2015年春季号)

梧桐雨梦(三首)

雪　事

她开始想念雪　想的嘴唇发干
想的像一树安静的梅花　因为孤独和等待
患上夜夜相思的毛病

因为想念雪　她开始变得懵懂　急躁
无所适从　她手心发热
心口发热　像一个渴望孕育的女人
手抚温暖圆润的子宫

"雪花是天和地的孩子吗？"　一定
要有足够的冷　足够的清净
足够的等待和虔诚

要让受尽苦难的人　拥有御寒的棉衣
老人和孩子们　等待雪
就像等待　一场失而复得的幸福

真实之美

她抽出一束光　这是她身体里
仅存的果实　就像她把自己铺展开来
任你研读和细看

"这世界　没有一样物事比我更陈腐"
因为足够陈腐　她变成一个
有根有底的人　因为无谎可撒
她变得美好　像一段历史一样美好
像一句歌词一样美好
像你拥抱她时　她用尽四十多年的真情和波纹
回应你　你尊重历史
她就俯首就擒　这一生她能给你的
也就这些了

生存赋

你不能给我想要的生活　就像
我不能给你完整的相思夜　晴空万里时
是这样　雾霾深重时也是这样

对我来说　时间
是一条垂死的定盘星　幸福一天天减少
而渴望一点点增多　我的身体慢慢发干　发硬
就像你抱着十八岁女子　怀想
旧情和老日子

爱一个人　却拥抱着另外一个

你不停地颤栗

"不过是一场喜剧　以悲剧收场
那些完美的斑斓和假想　更适合一个辉光闪闪的虚无主义者"

你不能给我一条像样的河流　就像我不能
给你雨水和好看的雪花　一年了
石家庄是干旱的　我在它的下游
我渴极了

你不能给我水　你不能给我
活下去的起码理由　我也不能一直
站在远处　等待被你颠覆
或者救赎

（选自《诗选刊》2015 年第 2 期）

西川(五首)

考古工作者

他们往陵墓的坑穴中填进多少土,
　　　　我和我的同事们就要挖出多少土;
他们怎样为墓穴封上最后一块砖,
　　　　我就怎样挪开那块砖——也许挪得不对。
他们的工作,我再做一遍,但程序完全相反:
他们从一数到十,
　　　　我从十退数到一。
只是北斗七星虽然依然七颗,形状却已小有改变;
　　　　只是今夜的雨水舔一舔,有点儿酸。
我摸到了陶器、漆器、青铜器、金缕玉衣——
他们怎样给死人穿上金缕玉衣,
　　　　我就怎样给死人脱下金缕玉衣,全凭摸索。
我的记忆,远远多于我同时代人的记忆,
　　　　虽然这并没有使我多么与众不同,
但我的确比别人多知道一点有关死亡和文明的秘密。

慎　子

慎子够谨慎,或者,慎子够懒惰,

就写这么一点点,或者,就让历史筛漏下这么一点点。
慎子够模糊:是法家?是道家?还是什么家都不是?
是否另有一个慎子,懂大道理,写大文章,偏偏被忘记?
慎子够幸运,就写这么一点点居然
也混迹于诸子之间,并且流芳百世。
他说野兽喜欢四脚着地所以常常粘得满身泥土。好废话。
他喜欢拿秤杆和秤砣打比喻,这暴露出他小商人的出身。
人人骂他,人人排挤他,不想给他诸子之一的座位。
慎子不发火,坐下,不再挪身。

仿写《庄子·庚桑楚篇》第二节

老子有学生名庚桑楚。庚桑楚有学生名南容怵。
南容怵有问题问庚桑楚:关于精神境界,关于养生。
庚桑楚做答,南容怵不懂。两个老头没了招数。
庚桑楚让学生去问老子。南容怵就带着七天干粮上了路。
正好吃完了七天的干粮。正好走完了七天的路程。
南容怵见到老子劈头就问:"如何返归本性?"
老子反问他:"你干吗带来这么多人?"
南容怵困惑,回头看,房门敞着,可是没有别人。
老子再问:"你干吗带来这么多人?"
南容怵懵了,就落下了汗,就感觉凉风吹到了脊梁骨。
回到馆舍,一直懵到后半夜,果真看到房间里聚了许多人:
三叔哇、八姨呀、还有邻居、父母官、他瞧不起的人……
南容怵大惊,软的硬的全用上,叫他们回家,别坏事。
第二天再见到老子,南容怵筋疲力尽。
老子跟他谈起些轻松的话题。老老头说,小老头记。
南容怵懂了,或者没懂。不再问问题。

体相与历史

重瞳的人、两耳垂肩的人、双手过膝的人、脑后生反骨
  的人
是将被埋葬的一伙。历史不是他们可以左右的。
他们只能靠讨好长相平庸的人们来显示自己的聪明并且
  有用。

浑身长刺的人、指趾间有蹼的人、三头六臂的人、开了
  天目的人
匆匆而过,辜负了长相平庸的人们对他们的期盼。
他们选择死后跟随长相平庸的人们默默行进以确保有吃
  有喝。

历史装扮成说书先生假意奉承那些生有特殊体相的人们,
但最终对他们不管不顾,好像他们只是眼屎和耳屎。
历史装扮成我认识的一个人(名字保密);此人既好猎奇
  又趣味平庸。

狂人李斯

廷尉李斯出于嫉妒,毒杀了从韩国来到秦国的同学韩非。这件事在秦国都城咸阳的大街小巷里传得沸沸扬扬。不过下手的第二天,李斯就后悔了,默认他向韩非下手的秦王也后悔了。为了洗刷自己嫉贤妒能的坏名声,为了证明大师韩非并不是什么不能碰、不能取代的天才,李斯必须表明自己比韩非道高一筹。再像韩非那样写写文章并且所论更广更深无异蠢人之见,李斯唯一的出路,是干出彪炳千秋的大事。怀着胜过韩非的心,李斯为秦王,也就是后来的始皇帝,设计了郡县制国家体制,制定了"书同

文"的文化政策、"车同轨"的经济政策,但他对此功业依然不能自信满怀。秦王扫荡六国,于今富有四海。在秦王登基做始皇帝的当晚,一个疯狂的念头轰击了李斯那原本只是楚国上蔡一布衣的心。他必须向后世表达出他对于天地、霸业、永恒的看法,让那个只能写点寓言小故事的同学韩非被人们彻底忘记。

作为一个富于想象力的人,他担任着秦王陵墓的总设计师,但对陵墓最终样貌如何始终缺乏灵感。现在他知道了:他将要把一整座宇宙模型埋到比泉水层更深的地下;在那个地下宇宙中,他将堆塑九州五岳,并注入水银以为江河大海,让金制的野鸡漂浮其上;他将在以铜汁浇铸的墓室穹顶镶嵌上大秦帝国一半的宝石明珠以象征亿万星辰;在那亿万星辰之下,他将再建一座咸阳城,宫殿楼阁无一不缺,供始皇帝冥游;为了让始皇帝看清道路,他将在墓室的每一个角落布置下用鲸油制作的长明灯(对不起,有无空气我不管);他还将在陵墓的周遭埋下一支庞大的军队;这支陶俑的大军,人员车马应悉依实物真人等大制成……。有了这个念头,已做大秦帝国丞相的李斯一夜之间在内心变成一个狂人。在过去的30年间,他已动用徭役、刑徒62万人挖坑建陵,但那是为始皇帝,而现在,他还需要再动用10万人,却是来完成他自己的狂想。他已经够残酷了,现在他还要更残酷。而那将要入住这陵墓的始皇帝,与陵墓本身相比已经不再重要:这超越了死亡的始皇帝陵,将是他李斯的宇宙,他李斯的作品,留给后人,让他们去猜想其中的胜景。他将因此不再在乎咸阳城里,或者山水大地上的老百姓、历史学家如何评价他害死韩非那件芝麻小事。在一个宇宙面前,韩非之死算个屁。

(选自西川诗集《鉴史四十章及其他》,黄礼孩主编,2015年)

西娃(四首)

没　收

你赐予我们大地
让我们在上面养命,养性,养德,养救赎……
产下那条敬畏和回归的道路

而我们,在上面养出蝗虫,蚱蜢,螳螂
以及牲口们的红眼绿胃。失神的交媾——
我们帮他们产下,硕果和杂种:矿难。水灾。千年寒……

你正在没收我们,连同这片大地和上面的所有

一首诗的诞生

"有什么要发生",很多时候,你
枯坐一个下午,或整个夜晚
事先你并不明白,为什么
喝茶,咖啡,抽烟,看几部
情色片的开头……都无力集中
你的某个游弋点。就像你一直在吃东西
身体的某一处,却一直是空的。且越来越空

你在等,却并不知在等什么

"有什么要发生",它像你吐出的香烟圈,
在空中。穿过你看不到的暗物质
多数消失在看不见中
而你在捕获,它跟暗物质交合时,
产生的那个点

"有什么在发生。"你仿佛抵达
灵魂离开死亡的肉体
等待另一肉体时,那个中阴阶段
停歇中的游离,茫然,紧张与轻松
交织出顾盼——
成串的句子带着你并不熟悉的感觉
涌上你颤栗的手指
在内心留下的哪个洞,突然被补上
一个新的肉体,套上你的灵魂:
陌生,悸动,小心翼翼的安详

轮 转

我们在酒后拥抱彼此
指甲陷入对方的白肉里
我们都不出声,疼痛和红酒
把两个身体变成一个
又慢慢虚化成一个巨大的空洞

我失去身体,失去你
在失去方面,我总有多余的闲心和明知

苦痛像黑夜之中的寂静,滋生,浮游
指望在另一个身体上落地
而我希望它选择你,又希望放过你
我在自虐与虐你的臆想中
生出新的爱情,生出新的爱你的方式

你早于我醒过来,你的眼神
比我失去的身体更孤单。你再次用性爱
找回我,找回我没有声音的哭泣
剧烈的颤栗中
你把被我咬破的拇指
再次放上我的牙齿

喂养死亡

你说:"它死了,我又用死亡
养了一条鱼。这已经是第 N 条了。"

你喂养鱼,就像喂养你的活
用了粮食,水,悲喜,和不多的爱心
这些年,你不停的看到
亲人,朋友,熟人……一个个
去了死亡那里。于是你疯狂的养花
养鱼,养你的梦想和激情——
把它们当饲料,企图撑破死亡的肚皮

"为什么死亡什么都吃,死亡却不死去?"

我像在远方,不去理会你悲伤的疑问
也不去安慰,鱼,死去的这个秋季的早晨

我什么都不做,愉悦的感受着:死亡
用一条再也活不下过来的
鱼,鲜活地把我们的共同的一天
一点点吞下去

像你一样,除了
喂养死亡,你以为我还能干什么?

(选自《诗歌月刊》2015 年第 5 期)

晓川(三首)

雪

雪落在二月的树梢
落在火红的花蕊
落在新堆的草垛或者干旱的土地

二月的雪,洁白、恣意
在雪的尽头
是一片黑压压的山峦或者屋顶

我已不再记起
在更早的年代
雪给人类所带来的伤害和恐惧

我就枯坐在二月的大雪里
看这雪后的大地
如何消除那些卑劣与肮脏的痕迹

汲水的人

也许该羡慕那个汲水的人

那个沉默的、亲切的面容
是我唯一幸存的记忆

汲水的辘轳辗轧转动
清澈的泉水
在正午的阳光下波光闪烁

泉水已离开井口
像想象中的逃亡者
在我们的欢呼中异常惶恐

水桶再一次沉落黑暗的深井
泉水报之以巨大的咳嗽
那是恐惧与笑容在井底的回声

汲水的人
必须坐在黑洞洞的井口的边沿
距离吞噬了他的信念与孤独

此刻,我就是那个汲水的人
我探身亲吻井中的泉水
却看到倒映在井底的怯懦的身影

当我大声地说出春天

当我大声地说出春天
那个梦想的土堆
让河水与空气分开大地

阳光循着河水的方向走

沉默的苜蓿
是唱诗班所发出的最初的音节

当你伸出那双柔腻嫩滑的手
你伸出的就是攫取的渴望
和熄灭了的火焰

在默默展开的画卷里
你总是伪装成黎明的星星
仿佛是在诉说时间

时间,这个小小的阴谋家
带给我们的不仅是苍老的岁月
更是湍急奔腾的太阳的血液

当我大声地说出春天
温驯的田野洒满花朵均匀的呼吸
我依稀看到鸟儿掠过的黑色的弧线

(选自《先锋诗报》2015年,总第 15 期)

潇潇(四首)

悲剧角色

不能回头,即使双腿麻木
挪不动脚跟,不是胆怯、怀旧
我被有毒的心刺痛、背弃
树杈悬在血液中摇晃
深秋开始霸道起来

冬天提前,动弹几下身体,它就早泄
踩着冰碴儿,身体像棉花
我扯着十月隐忍着,骨节发凉
气候裹紧心窝,慈悲裹住我
让风拔掉一根根脱水的刺

把窘迫、委屈嚼碎,烂在心头
宽恕阳光,招摇了别处
做好一个悲剧时代的小角色
这个时候,眼泪是药水
一滴一滴闪光,疗伤

天葬台的清晨

一颗空荡荡的头颅,一阵风
的迁徙,一群飞翔的白骨之灰
手牵着手,吹进了这个黎明
那些走向天边的皮肉
使阳光伸出舌头,急骤升起来

这个世界的最后一次歌唱
是铁锤跃进肉体溅出的火星
她的速度
是手指解开衣裳的一瞬
是某个雨夜之人,万念俱灰的清晨

先把死亡喝醉

告诉所有飞翔的植物
敲开,一粒粒羞涩的青稞
花朵与我有了酩酊的冲动
酒杯摔倒
一阵疾风,大醉不归

青稞酒飞起来
寒冷开始后退
心像炒热的怀柔板栗
剥离嘴巴,吞吐真金白银

我已认不清这个表面光鲜
打过蜡,添加苏丹红的泛毒时代

只醉给高原的天空
醉给一片远离枝头的云朵
邀请无穷星子落座

从灵魂的缺口一路小跑
哼唱镀满月光的花儿,先把死亡喝醉
坐在词语的台阶上
我要册封:青稞为王蝴蝶为后

二月的一个夜晚

"你是我一生的痛"
"你是我三生的疼
如果一个人有三生的话"

两个灵魂抱着二月恸哭
整整一个冬天的寒冷
也抵不上二月的这一个夜晚

(选自《诗歌月刊》下半月2015年第1—2期)

辛泊平(四首)

我看到的都是卑微的事物

瓦缝里的草,灰尘一样的麻雀
暗淡的影子,不合时宜的细节

舞台两侧,才子佳人水袖飘飞
政客的谎言,点缀着迷人的花边

这是一个迷茫的年代,镁光灯闪出明星
红地毯上的猫步,镜头里的笑脸

牲口们低着头走在乡间的小路上
路越走越窄,越走越暗

没有人注意蚂蚁在泥土里的形迹
诞生,忙碌,死亡,可有可无

秘　境

近日多梦,死去的亲友——见过
做过代课老师的舅舅还在上课

父亲坐在沙发上默不作声
奶奶印象模糊,姥爷姥姥慈祥如故

古老的隐喻,死去的亲友入梦
是心愿未了,另一个世界的人事
老人说,到坟前烧纸即可除梦
他们埋在乡间,我无法抵达

而内心深处,我愿意相信:对后人
他们依然惦念尘世的伦理
日出而作,日落而息,喝酒闲聊
耐心等待,也耐心祝福

时光的斑点

从一株菠菜里感受春天的味道
蚂蚁忙忙碌碌,泥土松软
阳台上的吊兰又长了一节

昨夜大雨,早上阴云
突然撕开的天空,太阳如洗
春天早已露出她性感的肚脐

而我仍然在放任惰性
在无聊的加法中浪费时间
一只蜜蜂早已酿出了蜂蜜

是的,时光的斑点落在身上
无声无息地变深,夕阳落下
一个忏悔的黑暗即将打开

江湖之外

一杯酒喝完,世界就变了
搭上酒精的速度
和衰老的肉体赛跑
你说,哪个男人没有青春

渴望温暖,不限于俗人
坏小子们聚义江湖
快意恩仇,剑锋所指处
江山排队,向酒鬼致敬

一杯酒喝完,梦就碎了
天地摇晃,童年的哭声
肉体的失败衍生软弱
你说,再饮一杯,大雪纷飞

(选自《建安》2015 年第 3 期)

徐江(三首)

孟　子

不要轻看爱
所有人心中的
所有的爱

不要轻信知识分子
尤其是那些卖弄名词
和对底层大唱赞歌的

智慧和蒙昧
从来是一种宿命
就像艰辛和取巧

骂你们这还是轻的
你们这些搜刮民脂民膏的
历代混账王八羔子

庄　子

我们不妨来一起

欣赏一条鱼
胖胖的鱼
巨大的鱼
从海面下跃起
遮住日光
和云朵

它的阴影遮没了
地图上
整张大陆
并在近二三百年
一直西移
扩散

如果换一个角度
这可能又是一个
悲伤的故事
您盯着画框
并为之出神的
那条巨大的胖鱼
是腌制的

自我熄灭

司马迁

精神不是阴茎
所以可以重造
真实的古代无非是一种绝望
悲自当下升起

跌跌撞撞
抵达希望

所以你看到的那些
辉煌
都沾着血
我的
(私著官史)
聂政的
(杀人偿命)
韩信的
(战争魔鬼)
周亚夫、窦婴、李广
(与生俱来的悲凉)

我只写
不存在的历史
我只写了
存在

(选自《诗读》2015年第二卷)

轩辕轼轲(六首)

嫉　妒

作为作家的格里耶嫉妒
作为园艺师的格里耶
于是他用橡皮擦掉了自己的另一半
不过他阳台上院子里的植物需要捯饬
每当浇花剪枝侍弄盆景时
他都要用速写的形式勾勒出另一半
因为是简笔所以后者的园艺技术也变得简陋
甚至还不如作家格里耶的水准
气得格里耶连橡皮都不用了
直接把一把线条从左半身撕下来
从窗口扔进了莱茵河
现在半个身子的格里耶成了全职男人
上午写作下午做园艺
渐渐地他热爱上了园艺
才体会到园艺师格里耶的不易
他开始倾尽心血地描绘自己的另一半
血肉丰满的园艺师又回来了
他们在后半生合作愉快
一起扛起摄像机

拍新浪潮电影

植树派对

在土里植树不算什么
有本事就在肉里植树
一想到百年之后
我们会成为连绵的森林
这点疼也就成了毛毛雨
正好省了浇水
但是隐患也随之而来
如果有人蹲在我们锁骨上抽烟
就会发生特大火灾
大兴安岭冬天的那一把火
很多人都记忆犹新
我们只好在体内安装上喷淋系统
每个血管里都伸出个喷头
这倒和簇生的树冠相映成趣
只是鸟儿们不辨真伪
把鸟巢搭在了喷头上
经常有一些鸟蛋
顺着血液流进了我的心里

乌鸦最后来

乌鸦最后来,像一名压轴的男一号
对百鸟做一一点评
他批判鹦鹉学舌,八哥多嘴
批判喜鹊报喜不报忧,批判麻雀虽小
五脏俱全,批判寒号鸟得过且过,总是等不到春天

批判鹰派太硬,鸽派太软
垃圾派太垃圾,不能与美食接轨
批判鸵鸟太大,蜂鸟太小,知更鸟不知道大小
从来不随着季节更替来更换羽毛
最后他根据当前的打黑形势,自愿退到天线
退到枪口和弹弓的射程之外
让白头翁,充当和人类接壤的少壮派

想象据说也是有边界的

想象据说也是有边界的
因此在我想象的国境线上
肯定有一批我能想象出来的士兵
和我想象之外的士兵摩擦或者交战
由于我对想象之外的士兵一无所知
因此就尽可能地用能想出的辎重
对想象中的士兵给予最好的装备
给他们造上舰艇安上水炮
希望他们能迸发出超乎想象的勇气和力量
对难以想象的对手进行迎头痛击
在甲板上押回一些我无法想象的俘虏
给我的想象增添几个湿漉漉的盲点
有时我也想拿出成吉思汗的架势去开疆拓土
争取把想象的界碑朝外挪上一下
但想象中的困难总会接踵而至
有的困难大得实在超出了我的想象
我就自我安慰地觉得在想象之外
确实存在着一角我想象过的飞地

内　战

他始终像一个逊位的皇帝
目睹着身体里的内战
为此他订制了一只穿衣镜
每天晚饭后,就站在宽银幕里
欣赏着皮肤上飘出的硝烟
昔日耷拉着的脖颈亮出了锁骨
企图和胸脯划江而治,而左胸
在心脏的小站练兵,一股股红衫军
欢呼着涌进血管,远交近攻
在脚板一着陆,就拥抱起趾头
在肺叶一掠过,就投入了巷战
他反复地咳嗽,拿起桌上的西药
却苦无良药,促成器官结为统一阵线
他急需的是体外的敌人,是侵略军
他一发狠,左右拳同时挥向镜子
现在好了,在犬牙交错的焦土上
来自五脏六腑的血浆,终于开始了整编

李贺研究

以前我研究风,现在研究李贺
其实这些并不重要,重要的是研究
为什么风就是李贺,李贺就是
风,如果换成雨,换成狮子,换成你
结果是一样的
这些都是同一个课题
我走上乌云,走上森林,走上

你家的客厅,不用倒水递烟
我都像踏上同一个讲台
请看黑板,请看白板,请看涨停板
风骑着驴耳,灌满了锦囊
李贺吹过中唐,吹落了韩愈的帽檐
雨越下越大,成了河东狮吼
你不要害怕,你可以离家出走
在秦淮河畔用韵脚散步
填一首古风,这就是李贺研究的成果
可以去瑞典文学院,可以上百家讲坛

(选自《轩辕轼轲诗选·在人间观雨》,北岳文艺出版社2015年)

雪松(五首)

月 亮

坚硬的月亮
说着自己的事。不是说
它不按时莅临头顶
被草木保留,被窗户切割
不是说坡地上的岔路
有一条是歧路,月光
也同样照耀着后悔的人
遥想更广大的黑夜,不是说
无处送达的寄托,像一张
被偷换的纸牌。月光
碰碎空酒杯的河岸上,不是说
对饮的人,忘记了内心
万里江山不值一壶酒钱
背对着导师,沿手掌纹走失的故园
不是说看不见一批
又一批毕业生离开人间
我只是在说,坚硬的月亮
说着自己的事
它说得又那么普遍、无边

春　天

一棵杨树没有活过来
它在一大丛迎春
和杏树中间显得特别刺眼
想拔掉它,但徒手难以办到
于是围着它用铁锹挖坑
坡地上,鸟在欢叫
花儿一朵接一朵地追着开
我们弯腰的动作此起彼伏
看看坡地上也到处是此起彼伏的身影
春天里到处在挖坑
要么起坟,要么埋葬

等　待

我不是在等待河岸上
春天的第一轮欢呼者
我在等待那棵受伤老树的消息
我在等待那本书最后的辨识者
它在诋毁者的手上流传多年
关于河流,我在等待高山颔首
我在等待最后的归家者
他命运坎坷,不可能载誉归来

惊　蛰

你听到雷声了吗
老式月份牌的翻动,读信的枯树枝

和残雪的冷宴上
你听到大地归来的咳嗽了吗

从今天起学会交流:从隐身到现身
从今天起学会给生灵留门

不管你的梦多明亮,命多薄
留在记忆里的身子多沉重

再致春天

在一树繁花下无所事事
我放弃亘古悲叹,也没有
看见失去的韶华中
努力挺身的小树
春光像溉漫水流,从书本
到屋外已是漫漫长途
那盯看一朵杏花的力量
耗尽了我的体力
直到它凋落,直到那棵树下
落英缤纷
直到春天的虚弱直达骨节

(选自《齐鲁文学作品年展诗歌卷2015》)

三色堇(四首)

深秋来信

企盼被深渊侵泡的太久
目光早已不习惯几缕清风带来的光芒
我在期待着深秋的来信
期待着在所有的黑里演奏兴奋与破碎

我没有虚张声势,这是我的秘密
你不知道,在时光的侧面
一直有一辆火车在隆隆轰响
它经停的每一个小站都有朴素的激情

渐渐稀少的快乐在冷空气中
显得更加局促
当我跑近,又突然止步
那些气流,摇晃的窗口,毫不掩饰季节的落寞
再也不会有词语包裹的消息
不会有水纹一样的暖意蔓延开来

几片榉树的叶子在此间落下
填补着时间的灰烬,填补着我居住的古城

行囊里的查拉斯图拉

我不是持镜的孩子
没有诗人蓬勃的激情,隐喻与辩论
你可以大笑,笑我的偏执,焦虑,木讷
不愿被人提醒——

我至今没有找到"寂静的山城"
与紫色的晨光
那溢满了的杯,隐遁着,流淌着上帝的福音
你一次次从我的行囊里窥视人间的冷暖
那循声而来的,不是雪的消息
不是被一场大雨洗礼的国家

那些渴望到达彼岸的箭是多么的危险
危险的还有,没有羊群的牧人
没有流水的河床,没有森林的山谷,被巨壑
吞噬的歧途
哦,查拉斯图拉——
你能给人类以教诲吗?
你能让着火的石头不再生出诳语吗?
和解吧,将腐烂的
或新鲜的忧伤与你一起跨入众神之门

存在的意义

我们无法钩织命运
像一面镜子,最终拥有的只有灰尘

我们只是一群倦怠的幸存者
所有的炉火都可以黯淡,所有的情缘都可以了结

我们不会在风口浪尖张望很久
不会在来时的路上谈论恩怨情仇

不会再用余生去交换一条河流的深渊
所有的欲望都可以像衰老一样孤绝而宁静

我更愿意是这样:让时光照耀着昨日的情有独钟
也照耀着晚风中的身安立命

是什么在到来

寒冷的大地,不能入怀的短暂之美
像落日的迷宫不再饱含激情
隐忍的光芒在腐泥和衰草的气息中
纷纷褪去光鲜的睡袍

从秦岭到江南,我用闪电的力度
搀扶起这些楚楚动人的曼舞
不能让这世间之美衰落的比绽放还快
不能让那些满含悲喜的岁月
从大片大片的花朵上掠过

美的事物有时候难以察觉
在风吹的一面,在荡起的晚潮中
我突然遭遇了花朵一场浩大的婚礼

(选自《诗潮》2015 年第 7 期)

亚楠(两首)

黄色罂粟花

这酥油灯的光亮在神龛里
召唤它的游子。黄金的
花瓣拥有神圣、威仪,和一座殿堂
所供奉的全部星宿。

显然,在这苦难的渊薮
万物皆空,如巨大的谜,它呈现的隐喻
是卷积云用眼睛思考。并且
以上帝的名义,超度亡灵——

但我在劫难逃。就像午夜
一匹狼落入陷阱,一群野鸭
被风暴击落……而此刻,
荒野上落满尘埃,这些罂粟花

蜷缩在那里。仿佛六月的闪电把
所有的灵魂掏空

闪　电

一朵云用暗恋把思想压低
在树的平庸中,猫头鹰怯怯地笑

而河流褪色了。一些草行走
棕熊在草尖上眺望
那些风呼啸着席卷浪花

这时候,森林透出杀气
我潜伏在那里,用时光取暖
窃听一只鸟的情歌

就这么目送一些人走入墓穴
哦,也有我的亲人
就像一棵树忽然在风中倒下了
我却没来得及多想

(选自诗集《记忆追寻我》,长江文艺出版社2015年)

严彬(五首)

诗　人

已经写出全部的诗了
却没有一首拥有好听的名字
我给它们悲伤地排序
以我母亲的终年为它们
依次命名,有时候干脆叫《日记》
允许它们在同一口池塘里洗澡
——那里没有风,没有灯塔
天亮时它们逐一上岸

已经是秋天了,没有衣服
南岸的银翘最漂亮
我们坐在河滩上,依次渡河
活下来的将拥有剩余的季节
拥有母亲的终年
像隔壁的孩子们那样结婚
成为一家之主
开满单色的花

花 火

第一次放风筝时
她没有长出乳房,我的女儿
一对乳房在岸上等她
她带着橙色口罩,跑呀
风筝在头顶转,久木
而她现在放风筝时已经长出
天鹅般的白乳房
多么好看的一对
我在日记里对自己说:
久木,你可以恋爱了

死 后

看见父亲烧毁房子
听到枪声赶来的人们签字然后离去
将叹息留给那时悲哀的任何一个人
一排树在冬天凋零,回到我的童年
我在童年恐惧过死

看见遗书写到一半,落在地上
描述一生的苦闷
每年我收到讣告,总有一些人要缺席
因为囊中羞涩错过一些爱过的姑娘
的葬礼。窗前的河流将我们的病情隐藏

看见我的儿子取错骨灰盒
看见我被另一个熟人带走

我来到一个更老的熟人灵前,喘着气

经过一个熟人的墓地

春天孩子们来捉迷藏
恋人悄悄经过
树林如孕妇般发胖

秋天四周金黄如稻粮
一场霜将地冻好下午又蓬松
草丛结籽蛇也重新入土

你离开多年
爱过你的人已经结婚
她的孩子躲在你碑后
读你的名字却不认识你

这么多年来
你的视线越来越低
对世界几近失明

也只好留一封信给你
过些日子再见

死于今天十点

我买了一件白衬衫
把它穿在身上
伦敦的街头又白又亮
我穿着白衬衫

在谢篱大街一间商店照镜子

三分钟后,这个人被挑走了
他的身体在谢篱大街又长又白的街上露出一只
脑袋,一双脚,一双手
——一个人原来这么简单
下雨时我被冲进泰晤士河
"要和你们说再见啦!"

我不再吃药了
多么难忘的一天
我去见毛姆叔叔
去和我的家人说抱歉
"今年的伦敦实在太白了
伦敦的白芍我已经看了三十四年"

(选自《建安》2015年第3期)

严力(四首)

视觉返回的重量

河面上一片狼藉
易拉罐里继续倾斜的口臭
早已闷死语言后面的礼节
不敢想象漂浮的塑料袋
曾经装过的鲜亮生活
尽管我劝你不要把这种现象
与民族文化或
更大的什么联系在一起
但此时
心比湖面更杂乱
就像没装过爱情

青春痘

一眼望去两眼望去
摘了眼镜望去
甚至闭眼望去
短浅的目光有时胳膊很长
不过无论长短

欲望是平等的
只要有一片土地
青春就会在那里种植青春痘

野蛮颂

对自私的欲望来讲
文明也是野蛮的
但按生存的经验来说
野性不应该总是听从器官的
应该用思想里长出来的牙
去咬住追随原始程序的骨头

情诗也可以不设性别

几年前
我启用了思想的斜路
很快就接近了你
但我没想到
斜路竟然被你逐渐走直了
这就像
草丛随风打着绿色的拍子
其实
那是在为土壤里的蚯蚓伴奏

（选自《读诗》2015 年第二卷）

杨克(两首)

在野生动物园觉悟兽道主义

此时我如此亲近鸟类、兽类、虫类
动物很美,植物很美
我和你走在熙熙攘攘的人群中
却远离人类

曲水流觞,火烈鸟单腿站立
一片火烧云
深入水而高于水
吃桉树叶的考拉
此睡绵绵无绝期,睡眠很美
对白虎的奴役很丑陋
它们的表演很美
巨嘴鸟的长喙,大红大黄
像一把吹不响的号角
鹦鹉叫声清脆,尾羽很美

三十五摄氏度的南方
脸上的汗滴掉在水泥地上
"呲",像烧红的铁淬进冷水

你是一棵婀娜的树
茂盛的秀发是带甜汁的青草
手臂如摇曳的绿枝,滴翠的叶子
被野马啃咬一口
惹得羚羊奔跑,袋鼠跳跃
黑猩猩拌可爱的鬼脸
长尾猴上蹿下跳,金雕惊起
我渴望像它们一样,往天上飞
在草地上撒野、打滚

它们在笼子里看着衣冠楚楚的我们——
这是一群如此奇怪的动物:
遮蔽知耻的身体和羞愧的心房
面孔裸露,冷漠的眼神带着赏玩
将活泼泼的生命束缚
建造樊笼,囚禁孔雀的翎羽,响尾蛇的信子
雄狮高贵的头颅……

我汗流浃背
从一只猴的眼睛里看到惊恐
我的身边越来越拥挤
一切动物都很美
热爱它们,需要远离人类

死亡短讯

车子疾驰在去往医院的路上
我看见天空瞬间敞开了
它澄明高旷,最深处影影幢幢
难道这么快就出界了?

灵魂漫游
好似有一双隐形翅膀在等我
带我去赴某个既定的约会

在地上移动了几十年
天空此刻与我重新联通
是的,我也会像那朵浮云虚无飘渺
澹澹的,淡淡的,没有边际
也许,那儿再无信号,我不在服务区
世间再无我的音讯

这一刻我斜躺在后座上
心境祥和,仿若干净的水面
只一眼就洞悉了宇宙内存的奥秘
生命只是一条微不足道的信息
携带它的密码
被复制到这个世界
随后被删除,转发至另一个时空

某只看不见的手,轻轻按动软键
睁眼表示拒绝　闭眼意味接受
我陷入平静　坦然接受命运的腾挪
我不知道神在哪里
死亡突然变得一点都不可怕
无非在东土关机,再去西天充电
就像转发一个短信这样稀松平常

(选自《诗选刊》2015年第6期)

杨庆祥(三首)

存 在

某些石头
在自己熟悉的地方
相互取暖

某些河流抚摸身体
陶醉于厚实的肌肉
岸守望对方,那舟
是他们的同心结

大地将一切推到面前
然后隐去
我默然
因为我无法言说

为自己
在尘世竖一座经验的碑
让众生
循着它找到我的墓地

我的墓地
就是石头的墓地河流的墓地
就是爱情和死亡的墓地
我的墓地,然后
一切各有归宿

你看到的鹿

你停下来
说看到了鹿
那里分明空无一物

你坚持拿一颗枣去喂它
还有核桃,还有我喜欢吃的
安康的桂花糕

你分明在喂一个空虚
可你有滋有味
情欲裂开了缝

你狡辩
这颜色分明的鹿
这乖的,爱撒娇的鹿

阴柔的兔子最爱说话

阴柔的兔子最爱说话
这是真的,在南方的山沟
我不止一次见过这些俊美的动物
说真话、说假话

我亦听说在俄罗斯的草原和
地中海的丛林
这些裂嘴唇、短尾巴的家伙成群结队
放肆地卖弄并不甜美的嗓音

这是我的一个朋友告诉我的
他一直以狩猎为生
他还告诉我
阴柔的兔子其实并不害怕猎枪和捕获
它们最害怕守在三个洞穴里孤独一生

阴柔的兔子最爱说话
说真话、说假话
它们是一群多情种

（选自《建安》2015 年第 2 期）

杨小滨（五首）

后事指南

我刚死的时候，他们
都怪我走得太匆忙。

其实，我也是第一次死，
忘了带钱包和钥匙。
"一会儿就回来"，
我随手关上嘴巴，熄掉
喉咙深处的阳光。

我想下次还可以死得再好看些。
至少，要记得在梦里
洗干净全身的毛刺。

后来，我有点唱不出声。
我突然想醒过来，但
他们觉得我还是死了的好，
就点了些火，庆祝我的沉默。

洗澡课

脱到一半,你还不能说
自己是所有人中间最干净的。

那能不能相信,光溜溜
才是存在的无耻本质呢?

镜子擦亮了,你不还是
长得像一堆皱巴巴的内衣吗。

你却用汗臭告诉我们,世界
只是一种可以洗掉的气味。

但还有骨头的每一寸灰尘,
始终蒙在心灵的幻影上。

还有肺腑里升腾的狼烟,
宣告你刚烧尽的勇气。

透过浓雾你必须看清楚
水平线在腰的哪一端。

洗内脏的时候你也要
小心断肠,更不能心碎。

那么灵魂呢,你打算
搓多久才让它自由奔逃。

假如你是自己揉不烂的面团,
把手放进别人身体试试呢。

末日指南

像世界含在上帝嘴里,
一颗糖融成甜。
你也是我的滋味,
是虚无的礼物。

暗下去之后,我
摸不到你。在一场
大火纷飞前,只有
良辰是不够的。

在游船上看炼狱
有美景。戴烟花
就吻成新公主。
如果烫舌头,也猜
爱情是泼辣的。

你睡在淫荡摇篮里,
我唱愚人曲。末日
霞光万道,你
从风景画上离去。
消失前,我吞下未来花。

朱自清欣赏指南

细看之下,池塘里没有水。

黑乎乎的淤泥,闻上去
有股薄荷巧克力的怪味。
一抒情,蛤蟆也暧昧起来,
睡熟的,假装躺着的,
都辗转得只配天知道。
学一点乌云的叹息吧。
等不到星星鼓掌,别急着
从鬼影里听出小提琴
的颤音,更不必从
枝叶间偷窥明月的丰乳。
饿了,想象莲藕的清香
会更饿。夜里出门
就是这样狼狈,也幸亏
没有剪径的骚狐狸。
朱自清先生,两袖西北风,
吹活了脑袋里的夜莺。
后来,他跌了一跤,
醒来时,就变成了闻一多。

谒陵指南

爬到最高,去看地下的精神。
似甲虫,也可能啥都不是,
一驮百年,嘴上满是兴亡。
哀叹得太久,喘成谜,
紫气难掩杀气。

要绕多远,才进入黑暗?
墓穴里,鲜花开,
给你我的无知加油。

但油然而生,毕竟容易,
冷风土皇帝。

下到底,迎来欢笑刺骨。
望云端,夕阳有惭愧,
给蓝帽子一头血色。
几代江山叠进四方口袋里,
藏好馊主意。

(选自《诗建设》2015年秋季号)

杨政（两首）

如 果
给未来

1.
她手拈一朵叫如果的花，比娇艳欲滴还多点料峭
"请收下。"她说，"梦的滑翔伞需要现实的落脚点"
昨晚我俩在星星下跳舞，我能嗅到她空杳的气息
她的眼眸溜过匆忙云翳，这些天上濡湿的密语者：
"如果连如果也无药可救，不可原谅的只能是如果"
"嘭！"赌气的窒郁爆翻了现实的啤酒瓶，泡沫
呕吐一地，月色薄脆，走向反面难免不带股戾气
不如跳舞，搭着暗夜腻滑腰肢，发髻别着那朵如果

2.
岁月妖娆，鼻尖的小雨滴，犁着苦心孤诣的单行道
载蠕载袅的云端谁用假嗓子尖叫：浮云啊，浮云！
风在一旁抽丝剥茧，喏，总要有个破音来暗示完美
"有一个更深情的我就在不远处。"她的神情幽渺
指尖描摹着她的空脸，"空缺让如果变得更加扑朔"
远远抛进时间洪荒的钓饵，忽被一个暗影腾身咬住
那是？乌有之乌有？究竟想崩灭现实还是影射虚无？
不如跳舞，紧贴暗夜猩红肌肤，悄悄撒下那朵如果

国子夜

这些厚嘴唇的孩子,像轮回的厌世者
风中招摇的玫瑰和茉莉,急躁的春花
伸出如棘如鸟的五指——我要,我要!
青春在蹦跳,总想去摸断崖般的绝高
惊坠声似刀片之冷,晴空缓慢地失血

他侧身在看,这肥皂剧太闷,太涣散
革命,是灼热的牙痛,革命不是闲愁
夜晚,一杯沸腾的咖啡敞开异乡小道
打开气味的潘多拉匣子,生活会倾覆?
这咖啡因的香饵,钓的是我还是空廓?

祖国的气息破空而来,甜味素的皓月
映照无影之国,城楼上胖子歌声绕梁
红苹果,浓眉大眼地齐奏勃起的鸡冠
发报机的深喉,几只破音遗老般聒噪
星之棋渺远,秋光里,王已陷落歧途

剥开夜的壳,一只熠熠的狐狸现身了
人,彻底玩完了,你们,演砸了自己
幽魂已脱下这腌臜的衣裳,流光之末
必藏着最暗的胜负手,寒战搜刮百骸
清风,悖论般拂过年轻而垂死的头颅

(选自《读诗》2015 年第三卷)

夭夭(三首)

枯叶蝶

它省略了自己　同众多的落叶在一起
早已辨不清你我了　秋天缓缓而来
倚栏人收回了眺望
水声犹如要归隐的追随者

它是孤岛　它收拢了翅膀
林间的寂静同沙沙的落叶声有着某种联系
藤蔓停止了攀缘
花枝中仍有振翅后留下的嗡嗡声
或许有另一种可能：它在沉睡中追赶另一个自己

犹记初见时模样　在翩翩飞舞的清晨
翅尖滚动着百花的媚相
但现在　它们偎依在一起
仿佛要一同赴死
仿佛赴死的路上没有落叶也没有蝴蝶

苍　茫

群山犹如起伏的喘息
想到风　四野就竖起了衣领
沟壑是最原始的丝绸
是传说　是拒绝被认领的一分子
天与地构成了一座禅院
不诵经　只有遍布周身的粗布生涯
鸟鸣深远　像一粒粒衔来的种子
杉树又凋零了秋天……
如果雄鹰在天上飞　莽莽之音淹没了市井
原野要把荒与凉隐匿地分开
——不是旅人　是树上的果实
是淡紫色细细碎碎的野花在迷惘中静静流淌
往前走　向世人心头的惊鹿靠近
没有刀斧
只有满目苍茫　只有昨天的遗物搁在岁月身旁

马头琴

琴声呜咽　仿佛有一万匹马正翻越杀戮
翻越青草　落日　慈悲和野生的墙
它们身上痛苦的鬃毛如耀眼的故人
说一句祝福的话吧
当远方有沉沉黑夜风尘仆仆赶来
当死亡来得有情有义
唯有爱上他或她
爱上他们心里的北风和北风中的陋室
这奔跑的年月　茫茫之声如细沙

流水照不见它的影子
望不穿的世道一直陷在人心里
——跑过马头琴的马在未知的眼睛里哭
眼泪漫出了人世
琴声呜咽　一万匹马跑出了前生今世
一万匹马住在琴弦上　像光芒
像一场大雪　在忧郁的伤口里纷纷扬扬

（选自《诗歌风赏》2015年第3期）

野梵(一首)

鹰,雪线

冷焰的眉宇,紧锁焦烟煤的怨怒
横过教堂和雪峰,入鞘的黑铁淬火于天庭
红血球沸腾,降至零度,转经筒的朗诵
披挂诸神的泪水和发肤

终生系于一念,御风的剑簇
迫降云霄的地狱,惊察
并剔透于腐肉,如天使反向的暴动
折叠双刃,擦拭落日敌意的虚无

经幡如此孤悬,拒绝分享穷途
万千云态,恍若校正的步武
俯冲于危卵的阶级
黑煞的惊叹号,刺戳着形而上的大雾

晕眩由你的闪电制导,上帝桌面
承接了你振翮九派的孤独
寒意日隆,雪冠如崩
高迥的马鬃轻拂你额上无字经文的静穆

沐恩单飞的湛蓝,倾泻西部的宽恕
饕餮裁剪着阳光,招魂的众鸟如注
雪线却愈来愈远,这一抹愈来愈小的黑影
如朝圣的摇篮,正打开澄澈的天葬之路

(选自《湍流》2015年,总第5期)

叶世斌(三首)

马蹄莲马不停蹄地开放

谁能阻止它？阻止马蹄莲
马不停蹄地开放,在春天卷起
马蹄的喧响？马蹄莲

马踏坎坷和壕堑,田垄
和山岗,一路狂奔！谁能阻止
它？阻止生命一泻千里的

爆发？马蹄莲再也停不
下来：能够跟上它的只有奔跑
本身。马蹄莲被奔跑放逐

为奔跑疯狂！马蹄莲呵
它跑得太快：一下子就跑过了
春天！一下子就没有了踪影

听　雨

——一群人在窗前交谈

一群来到尽头的人开始
生命最后的言说。长远的
行程,所有事情已被生命

隐瞒。一生讲说沉默
而此刻讲说的是一种不忍
和不舍;一种生命的低落
和没落!雨声通过窗帘

离我越来越近。我相信
我一直在其中发言,一直
在夜深人静,诵读暮年的

诗篇!否则谁能说出
泪水的声音,死亡的声音
并让听着的人,想哭——

消极的秋草

秋天的光景一片黯淡
厌世者,因为生活而灰心
在秋天的底部,天气和我相互
环绕,它的颜色像灵魂一样

苍白得看不见。末落的
景象!我远没有想象的那么
从容。午夜之后草尖上衰老的
风雨刮了一阵,又是

一阵。而我仍不倦地

冥想；不倦地追思或怀念
这就像一支光在天空下逐渐地
消逝或者熄灭。生命在此时

变得朴素，消极。最后的
颤栗！我似乎还没准备好
午夜之后，草尖上晦暗的露珠
落了一滴，又是一滴

（选自《广场诗刊》总第二期，2015年）

叶舟(三首)

素 描

那些麋鹿藏下了自己的蹄印,秋天了
它们用一条溪水换衣,洗净浑身的梅花
犄角上挂满了成块的黄金。——那些麋鹿
以及远亲近邻:对鹤、红隼、鱼和蛙、松鼠大军
石人、酒、干草,加上一整个部落的哈萨克轻骑兵,
在我进入林间教堂时,在麋鹿藏好了
一生的斑斓后,它们将迎来一场经书中描述的狂雪
而后照料生命,妥当地安顿下自己缄默的热情。

在边疆

天空不必讲述,因为葳蕤的鲜花
挣脱了寒冬,
以钻石的形象,让繁星
写下光芒的脚注。

在边疆,曾经多么热烈的青春
匹马北方　翩若游龙。

大地不必牵挂,因为奔涌的地火
淬炼了泪水,
每一阵长风吹过,都会有
信仰的萌芽悄然破土。

在边疆,曾经多么砥砺的奔走
只为了生命,不再是一篇空洞的布告。

爝火亦不必惊惧,内心的岩石
重若史前的青铜,
当黯淡的天幕上布满了问号,犹有
一只烈焰般的荆棘鸟,展开了翅膀。

在边疆,曾经多么层叠的朝霞
像一本崭新的百科全书,被亲手刻画。

陈　述

曙光中出走的羊群,让暮色请回,
又被星光清点,但这并不是散步;

鹰在熬夜,守住世上惟一的灯绳,
大地悲愤难平,但这并不是一次交易;

那些澎湃的蜂巢,携带黄金字母,
酝酿一场经书中的奇迹,但这并不是阅读;

秋天用来仰望,可一只斑驳的破奶桶,
只好用内心箍紧,但这并不是肃穆;

伐木的人停下斧头,天山顶上,
白色象群在细数豌豆,但这并不是宴饮;

谁说流星有鬼?事实上,它要去会见三个人,
其中一位挎着算盘,但他并不是账房先生;

磨刀时,水面上会出现碑文,
那最先开口的人在报告天气,但他并不是头领

今夜有喜,白色毡帐内,一个婴儿找见了乳头,
英雄夤夜而归,但他并不是父亲;

我在草原之夜流浪,向一位热泪盈眶的长者,
借了一条板凳,但他并不是佛陀。

(选自《坡度诗刊》2015年第3期)

伊甸(四首)

在人与石头之间

石头作为人的一个反义词
在世界上制造一种平衡

有些人说了太多的废话
石头像海绵吸水一样吸进这些噪声
人类中那些宁静的灵魂
作为火山爆发和海啸的幸存者
才有了一角栖身之所
石头悄悄地走进房屋、雕像
纪念碑底座
用它的坚硬和沉默
矗立起人类的高度

在自我囚禁中

你给自己戴上了手铐和脚镣

你用牙齿咬断了一条通往自由的路
你用头颅顶走了一架来援救你的直升飞机

你亲吻没有窗户的墙壁
亲吻紧闭的铁门
你对墙角的蛛网和地上的蟑螂唱赞歌

你对小小天窗射进来的一缕阳光
表达了仇恨和抗议

你对那个隐身看守举起的无形的鞭子
痴迷不已
你相信它在你身上抽出的伤痕
将是世上最美的花纹

你爱上了昏迷、流泪、疼痛……
你爱上了下跪和乞求

在伊甸园

在那里,你爱上一条蛇
它教你懂得
上帝不让你摘的苹果
你必须摘下来

只有这样,你才有一个
自己的世界

在歧途

歧途也是一条路
站在它的立场上
你可以把正道看作歧途

它通向坠落、迷失、伤痛、死亡
你在歧途上看见许许多多熟悉的身影
但丁、梵高、克尔凯廓尔、西蒙娜·薇依……

歧途就是
你在众人认为没有路的地方
迈出了你的脚步

歧途就是
某一个路口竖着"危险"或"禁区"的牌子
你固执地走上了这条路

走在正道上的人们拥挤着
傻笑着
像一滴雨落在河中那样消失着

歧途上，一条闪电照亮
黑暗中的脸庞和脚印
孤独，然而清晰

（选自《鄞州诗刊》2015年第1期）

于坚(四首)

时间到了

嗨　时间到了
少年时路过的庙宇
你还在原址吗？
那时我不敢进去
台阶高向星空
大梁横亘宇宙
诸神的样子狰狞怪异
我藏在母亲的怀中只有害怕
嗨　时间到了
历经沧桑　如今我敢登堂入室
我已准备好香烛
唉　我的建筑呵
只有一片废墟　四野苍茫
一只银狐正在黑夜前闪回洞穴
把我的烛子放在大地之案
要点燃它
我得重新钻木取火

我看见了古拉格……

我终于看见了古拉格群岛
秋天拍的镜头　在云杉树林
海岸　修道院　盐场和劳改营的废墟上面移过
在跑过球场的孩子们溅了泥浆的小腿上移过
在绕开沼泽地走向庄稼的旧帽檐上移过
在这样的天空和光线下　大地明亮而真实
仿佛没有美　也找不到丑陋
在这样的大地上面　天空高远　白云自由自在
仿佛没有罪恶　也没有善
在这样的群岛之间　大海怀着洗衣妇的喜悦
沿着沙滩晾开它羽毛般的裙摆
就像任何一处大海　苦咸中都藏着一个
无法清洗　只能虚传的古拉格
回忆录或小说里都不存在的古拉格
长舌头索尔仁尼琴从未说出的古拉格
我试图跟着镜头寻找那些苦役犯
那些不叫作亚历山大·索尔仁尼琴的匿名者
这是徒劳的　天空下只有笑容
只有被日光无辜地投进水洼的
芦苇丛的忧伤　这不是俄罗斯的忧伤
不是普宁或者莱蒙托夫的忧伤
这种被自然流放在大地上的忧伤
没有意义的忧伤　我体会过
多年前　在怀里藏着一本地下流传的《复活》
我跟着落日走向工厂后面黑暗的秋天
我听见乌鸦在金汁河畔的柏树上叫着

古拉格　古拉格

(以上两首选自《诗建设》2015年春季号)

犀　鸟

那只迷路的犀鸟带来了荒野
它用曾经跳跃在秃顶上的小脚
跳进了那棵老橡树　新的荒野
它收起王冠和大嘴　藏身在更辽阔的树冠下
踩着树叶　发出嘶嘶声
从外层的树枝跳进深处的树干最后销声匿迹
它撤回了那些疯狂的往事
它朝最小的体积收敛着　朝钻石式的浪漫收敛着
它向包围着它的万物和树叶教导着一种雾
一种掩护着真理的雾　犀牛般的雾
没有实体的雾　它就在里面

花　匠

在一条大道上　路名我记不得
有个花匠在为阳光照亮的花圃浇水
他的姿势太过时了　小时候我就见过
围着橡皮围裙　穿着水靴　紧握暗红色的橡胶水管
一按龙头　水流就从他的小肚那儿喷出
瞬间　仿佛获得了男性们梦寐以求的生殖力
白色的水柱　倾泻得那么强劲
仿佛有一个密封着的大海破了
哦　他找到了某种开关　立春的第九日
园林局派给他的活计　他的任务　依据植物学

这么说有点刻薄　斤斤计较容易忽略世界的要领
在这样的混乱中　我宁可错觉是神派他来
他的金马车闪闪发光　还停在天上
恩典过处　花朵先是潮湿　然后更热烈地洞开

（以上两首选自于坚编《诗与思》第2辑，重庆大学出版社2015年）

于明诠(三首)

陶渊明

喝小酒
读闲书
写写短文章
把蕉叶琴
从这屋搬到那屋
然后种树

一棵柳树
一棵柳树
一棵柳树
一棵柳树
一棵柳树

霸王别姬

他知道霸王心里好烦
霸王说叫我怎么办呢
她就慢慢地转过身去
她的名字叫虞姬

空想起恩恩爱爱的日子
肌肤之亲纵有冲天的激情
怎抵得小刘邦大兵压境
乌骓马咆哮一声

终不是吱吱哑哑的琴弦
断了再能接上
叮叮当当的锣鼓
让舞剑的虞姬伤心透了

霸王只知道冲锋陷阵
霸王觉得自己很男人
霸王长叹一声直奔乌江
她慢慢地转过身去

这时总会响起掌声
掌声鼓舞着虞姬的勇气
人命关天只是一场戏
一个弱女子优美地结果了自己

一尾鱼和两尾鱼

一尾鱼
喜欢坐在书桌旁
静静地思考平面与角度

两尾鱼
喜欢躺在床上
欣赏天花板和它的耳朵

一尾鱼
常常把日子的片段红烧
制成生活的彩页和封腰

两尾鱼
命运常常把它们放进汤锅里
表演花样游泳

一尾鱼
为自己的游荡苦恼
两尾鱼
为自己的世俗兴奋

一三五
我是一尾鱼
二四六
我是两尾鱼

周日我就和庄周对话
围着他的南溟和北溟
一边吃一边聊

(选自《单衣试酒》,山东画报出版社2015年)

玉上烟(两首)

野 心

我想养一只老虎
我流泪时它会安静地看着我
有时它欢快地跑到路边,嗅嗅青草。有时会把它光滑的脊背
贴到我身上

没有一只老虎比它再漂亮
它皮毛金黄,高贵,完美。连阴影都那么健壮,让我情意顿生
而想象自己是另一只匹敌的母老虎
我用每天省下的钱,给它买新鲜的牛肉。我饿肚子时,也会把
　　它嘴巴先塞满

我梦想攒下更多的钱
我的亲人越来越少
他们总是在中途死掉。前几天
母亲的脚扭伤了。半夜,我梦见一向老实的弟弟也不知去向

我想养一只老虎
我活多久它就活多长

即使把世上的石块砸向它,它也不会跑得比我更快
它凶猛,后来和我一样渐渐衰老

我想养一只老虎
有一只老虎我至今未养
人世苍茫如暮晚,我有疑虑如大江
我害怕,它跑着跑着,也会突然停下来……

爱结束了

她在镜前打量自己
白发又多了
她慢慢走出卧室
阳台上的吊灯发着微光
小木桌上,有几盆多肉植物
美国蜂蜜,越南白咖啡
还有一盒德国花果茶
空气里弥漫着玫瑰味的熏香
她小心翼翼地削着芒果皮
试着让那边缘完整饱满
但刀还是割破了指尖
金黄的弧度随即碎裂在地
如一截失败的恋情
她在窗边的软垫上坐下来
轻轻叹了一口气
从周一到周日
忙碌抵消了忧伤
时间已经完全将她占有
不再担心异乡的生活
时间已经合拢了一切破碎

痛苦也不再泛滥
她打开天蓝色的百叶窗
在她头顶
一颗星星在静静闪烁
但她从未见过这么亮的星星
她目不转睛望着,直到
眼眶盈满了泪水

(选自《诗歌风赏》2015年第3期)

余怒(三首)

房间里的逻各斯

用彩纸装饰房间时我还在想
让我们之间变得单纯一些吧
不淡海怪不淡性日本海棠的粉红和紫红
外面下着雨我点上一支烟烟雾
缭绕我望着她的丰满臀部想到北极
冰天雪地我们没去过那里裹上毛毯
坐上雪橇雨雪霏霏别无二致是吗
关上窗户我知道她在想什么
抚摸电流贯注其中的她听电流
的奔突声嘶嘶雨中的天线她的
整体性奥妙和欲望由里向外溢出
刚做完爱的女人是反逻辑的她分成
几个部分走路大腿小腿足踝脚尖

语言训练

将晒了一天的衣服穿到身上
以期蒸发使自己 high 起来
在黑咕隆咚的房间里开始

语言训练啊呀唉咩咩汪汪
知道生物都有灵性很容易
进入无我之境获得安宁
那么你也就不必硬着头皮读诗
就像你不必了解粒子加速器
负氧离子质子和反质子
哪怕最后它们无端长成一株
夏威夷多骨朵水仙
今天不写诗了我下了决心
我将一件什么东西忘在了一个
什么地方可就是记不起来那是
一件什么呢哪儿呢深夜去月球

滂沱大雨时

雨大起来空间比平常
膨胀三四倍树木摇晃
街道起伏空间有了具象感但里面
狭窄憋屈带给你一种反空间情绪
在雨中进行自我调整傻瓜都知道
变换形体先弄明白自己是谁
也膨胀三四倍呗是个好主意
谁说的雨天不能做爱发现自然
的灵性和肉体的排他性久而
久之它们从身上消失无影无踪乃胡说
雨中闪电照亮我们
从浴室里出来赤脚站在地板上
站立不稳分不清东南西北相互
视而不见有一种穿山越岭的感觉

(选自《读诗》2015年第二卷)

余笑忠(四首)

春 游

盲女也会触景生情
我看到她站在油菜花前
被他人引导着,触摸了油菜花

她触摸的同时有过深呼吸
她触摸之后,那些花颤抖着
重新回到枝头

她再也没有触摸
近在咫尺的花。又久久
不肯离去

给画师的难题

它们那样小:一粒黑色的芥子、一粒
或黑或白的芝麻

错误在于,总要用双手
把什么东西抓住不放

只需一根指头,只需轻轻触及它
把它放在唇边、舌尖

在永久的沉默中唯有如此
你呼喊的,你拼死以求的……

那么大的空白,将留给
一粒芥子、一粒芝麻

愤怒的葡萄

干瘪、皱缩的
我们吃,我们吃
一颗颗微缩的老脸

酿为酒液的
我们喝,我们喝
如歌中所唱:让我们热血沸腾

落在地上
任我们践踏的
我们踩,我们踩,一群醉汉起舞

当野火烈焰腾起,每个人
都有向那里投去一根木头的冲动
投掷的冲动

仿佛真有一种葡萄,叫作愤怒的葡萄

小树的立场

痛恨是容易的
霹雳降低了天空的高度
极端是容易的
像一个人宁愿死去
而不再受累于死亡
呆滞的玻璃珠是容易的
任烈日炙烤,任大雨倾盆
癫狂是容易的
一个醉鬼转身,扬手,掷出的飞梭
也许正中靶心

黄昏时驱车经过一座监狱
有一位朋友正是从那种地方出来的
他记得围墙上有一棵小树
所有的神秘都集中在它的身上了
那棵小树,它每每长高一寸
日出时,围墙便矮下去一分
日落时,围墙便高出一分

(选自《诗歌月刊》2015年第7期)

余秀华(五首)

我在阳光下点一支蜡烛

我不以为这是徒劳的
光明充满想象,抵达另外的事物或者黑暗
在长久的获取中
我想起了偿还
我想起偿还的时候,阳光盛大
从尊重卑微开始
我收起粗糙的泪水

被我叫嚷的日子固执的沉默
一只虫重复的春天我叫不出低处的事物
我的诗句多么空洞
可我还得被自己原谅
并持续往前走
如一个夜行者
偷取世界,和世界之外的情分

如同把自己交还给沉默
然后引领阳光打开心扉
摇晃之中

一切走来,一切离开
谁会看到我对爱情的另外书写
由此涉及的生命　和
生活本身

方　言

我发现那只水鸟从邻村过来。叫声不一样了
我朝它喊了一声
喊出的却是我自己的名字

横店——魂店,它轻轻收拢
我的魂在夜里出逃,散落在一片虫鸣
一个人带着方言下葬
他坟头的草长得茂盛而曲折

我不想说话的时候
一下子陷进了语言的本身
一个大大咧咧的人,把我呼来唤去

在我们腐朽的肉体上

没有遭受禁锢的:自由和爱
这滚了一辈子的玉珠,始终没有滚出我们的身体
为了获得,我们献出青春
为了证明,我们接受衰老
而这心灵,依旧奔赴在路上:与你相遇
谈论诗歌和仰望星辰
时间停顿的部分,总是让人哽咽
这腐朽的肉体想给的答案,一直在雨里

我一直无法压抑
以腐朽亲吻你肉体的冲动

我拍打着一座坟墓

我离大地很近,离天空也近
这里是我的村庄,五月是地狱,九月是天堂
我在没有我的时间里拍打一座坟
那么多的泪水散落成野花
那么亮的骨头上升为云朵
你,不要喘气不要叹息

这座坟里住着谁,我不想问
一只鸟叼走了生锈的碑文
我害怕是某个名人,某个诗人,某个僧
我害怕拍着拍着,拍出一卷
泛黄的书经
原谅我的私心,想把一座坟拍平
种上水稻或玉米
然而我更像一个盗墓者,总是半夜
干这见不得人的勾当

味　道

他们说爱情是甜的,是苦的
我把一棵麦子放在牙齿上
久久地,咬不下去
风把我的眼睛吹湿了一大片
想起那个隐居在平原上的孩子

东厢房的味道喊破了日出我不作声
心虚得如同一个盲人
田野起了露水,还有人
跳过露水回家

用几棵结实的做成灯笼,其余的都放于水面
我和母亲各举灯盏
照亮。这以后所有的风俗

(选自《长江文艺》2015年第2期)

雨田(三首)

西湖秋月
——致皿耳21岁生日

秋瑾和苏小小在这里沉睡了多年　那么神圣的断桥上
人来人往　人间的许多悲剧或者从黑夜开始
而我充血的眼睛正穿透封闭的浓雾　灵魂在沉默中祈祷
发出大海的呻吟　夜莺在你还没有出现前就已消失
半暗半明的灯火怎能解除我凝固的忧郁　有谁知道
我的心底有没有一泓秋色的湖水　仿佛也是一种哲学
那颗明亮的星是上帝的女儿　高不可攀　你要体验
人间的什么　自由的生活也很空虚　我能用你的亮光取暖吗
站在湖边望着远景　我的意志没有漂浮　而是内敛或坚定
残酷的现实使我浑身发冷　我一次次被一种说不清的火焰
点亮　最后成为灰烬　让我的内心深处又一次黯淡下来
也许我的记忆如石头　不用雕刻刀就非常生动……

洗墨池

穿过粉竹楼的竹林　如何看春天的光辉泛满大地
田野上空的光芒怀着对桃花的梦想　飞越丘陵
涪江和麦田　一种雄性的高度激起群鸟的欲望

狂奔的马匹和禅意尽在你岁月的浪花里图腾　漂浮
在水面上的除了李白的独傲形态外　就是一代唐风

肥沃的土地和明月留不住精神的漂泊者　汹涌的词
如月光不再孤单　谁扛着命运在漆黑的夜里取走火种
难道说　心灵的烛火如钟被风雨敲响　唤醒内心的铁

是谁用洗过笔尖的水　把骨头里的长剑磨得无比铮亮
然后点亮孤独的灯盏　浅唱低吟　承受风暴的拍打
青春的血浆抵达浩瀚　用压迫的灵魂歌唱终极之爱
月亮升起来　洗墨池里水的清纯度还是那么高……

献给自己的挽歌

总是在回忆乡村的稻田　玉米　麦浪和飞蛾
何处才是我要寻找的闪着寒光的灵魂的归宿地
我一生只能在写作中露出伤口　我就是这样的东西
有时对人冷漠如霜　对己残酷如雪　对世界
视若无睹　这就是我们生活的时代　冰雪
火焰　玫瑰　爱恨交织　纯洁和虚伪混杂在一起
而我正在老化的路上行走　无力应付所有的事情
等太阳的光芒隐隐闪现时　我看谁敢平分或独霸秋色

飘落的残叶是冬天的悼词　后来被我捡起它
夹在自己的诗集里　我突然听见　远处有人的血骨
在歌唱　暴风雪跟着他们越过荒凉的河流
城市的高楼与死神交谈　死亡已把整座城市的命运
移植在触手之间　我生长的土地就像一块巨大的墓碑
与我相拥相依　升天吧　灵魂的鸟穿透乌云之后
拨亮惊魂的闪电　谁在此时将离我而远去　我最终

还是选择了河流　而现在　我所面对的正是生活中的狼群

谁能告诉我　生活这条蛀虫为什么损毁我的灵感
我知道　有的人还聚在黑暗里磨着刀　谁又知道
经历了那么多不幸的我　还在热爱着自己的国度
有时候我因疯狂而一无所有　所获的只有乌鸦的细嘴
死去的诗人却活着　活着的诗人已死去
黄昏撕裂我的生命之后　养育的涪江不惜倒流
所有的风暴不如一滴水重要　我推开书房的窗子
看富乐山座落在树阴里　是谁把自然还给了人类

如果有一天我突然死去　我跟在我的鸽群后面
飞出落满灰尘的天空　这座我曾生活过的城市上空
就会飘着许多白云　钟爱我的马匹也会飞翔
在高高的天空　如果我死去　在没有诗歌的年代
我的死本身就是一首诗　我给自己披麻戴孝
不停地在天空与陆地上行走　我看清了那年春天过后
悲剧就发生的实质　但我不能言说　因为活着
我写诗　我体验着别人无法体验的悲惨的死亡

(选自《红岩》文学双月刊2015年第4期)

远人(三首)

在旷野

在旷野的夜晚,星星压得很低
河流在远处流着,没有人在这里
我说没有人,是因为只有我和你

只有夜晚、星星、河流
我不想再要什么,有时候世界
会突然显得多余,当你出现之时

构成世界的东西,其实很少
我看见的就是世界,那些没有看见的
也许从来就不曾存在

你喜欢的,我会更加喜欢
你不接受的,我会很快地掉过头去
因为没什么比得上这旷野的时刻——

星星垂在草尖,河流在远处
永不停息地流淌,它碰撞着旷野
像我碰撞着你,你碰撞着这个世界

陌生人

在有很多人的时刻里
我会忘记自己,这似乎
是一种不幸,但它
始终连接我的生命

当夜深人静,只有一个人
和我面对着面,这似乎
是另一种不幸,但我愿意
倾听着他,一个陌生的人

他教我希望、教我痛苦
他教我去走人世的歧途
教我信仰歧途里的甜蜜与苦涩——
正是它们,把大地交叉捆绑

我惊讶他说得如此冷静
直到疲倦让他起身。当他步入
我的身体躺下,我终于发现
我现在从书桌旁起身
给自己冲一杯菊花茶
一朵一朵菊花,开过一片
淡黄,然后孤独地死去

一幢房子

一幢房子常常出现在我脑中
它有一扇门,有一扇窗,朝北面打开

它有一个屋顶,但不介意雨水落进来

只有一条路通向这里,它不来自修筑
它是我经过非常长的日子
缓慢地走出,我要让它呈现一定的弧度

我喜欢弯曲是因为地平线太直
从那里长出很绿的草,它们一直铺到
路的两边,不是很高,但也不是太矮

方圆十里,只有一棵大树,我抱不拢
它的身子,也攀不到它的顶端,我每天
散步到它身旁坐下,放弃两小时的思想

我这时不看别的地方,只凝视那幢房子
它显得很小,但为大地增加高度,阳光
烤暖着它,使它看起来很像上帝的居所

(选自《建安》2015年第2期)

臧棣(三首)

无双亭丛书

我们走过的那些弯路
将它的影子缩短成一把尺子。
从哪儿开始呢？沿柳枝
按住一个碧绿的头绪，
没准就是，你和宇宙之间
有一个单独的故事。

近在眼前的花，给古老的春天
带来了一个新鲜的深度。
戒不掉人生，还戒不掉人生的无耻？
原来，蝴蝶的肺活量可让时间停止十秒钟。
秘密的度量之后，是秘密的比较——
就像醉，颠倒了无数的背景，

给我们的酒，带来了一个神秘的深度；
就像你，给生命中可怕的美
带来了一个陌生的深度。
或者更简单，就像这安静的亭子
给已经消失的广陵

带来了一个古老的深度。

世界读书日丛书

伤口中的伤口。因为生活中
有太多的假象,所以它
愈合时,看上去像一本书。
你有两次选择的机会,
在此之前,你有两次做出
更好的判断的机会。因为迷宫中
例外只有一次。记住。两只眼睛中
有一只是古老的罗盘。你在它上面航行。
有时,波浪也是假象的一部分。
瞧。因为移动得太快,
深渊,还冒着嘶嘶的热气呢。
醒来时,信天翁的语言中
确实夹杂着这样的口吻——
如果你手上的书,不是从深渊里
抽出来的,你何必要浪费
大海的时间呢。你打开一本书,
就是打开世界的一个伤口,
但这还算不上秘密。你的运气
在下一刻。你合上一本书,
一个世界已愈合在你的身体里。

没有一种怀念能胜任这样的出没丛书
——写于邓丽君忌日

这是时代的缝隙,里面的东西
需要新起一个名字。
这是在骨头上锉几个

透气的小眼。但不是动手术。
这是女神混入了女人,
或者,女性混入了女神。
迄今为止,还没有一种怀念
能胜任这样的出没。
这是一种东西,比思想更善于分享。
或者,这不是一种东西,
无价,但你不妨象征性地付点小钱。
这是曾用枪口戳过的太阳穴。
这是曾被谴责过的迷途。
这是激进的甜。从未抹杀过一个瞬间。
或者,这是曾经的我,穷得异常暧昧。
这是第一杯咖啡,马尿般泼向生活的颜色。
这也是我,第一次游进我的脑海。

(选自《先锋诗》2015年第1期)

曾宏(三首)

个人的清明节

比今年的清明节提早一天
比每一年都提早或者推迟的那一天
就是我们个人的清明节

这一天在山路上拐了无数的弯
上了无数的坡,下了无数的坡
我们要去很远的地方见亲人

通过清明节,我们看见亲人活过来
在眼前走动,在泪光里说话
然后再一次死去

每一年的每一个清明节
我们的亲人都不断地活过来又死去
这恰如我们所能理解的生活

寻找另一颗太阳

今天,比昨天更早一点的

冬天的夕阳像一团棉絮
粘在窗户上,淡淡的温暖
让我想起你秘而不宣的爱

以及我埋藏在喉咙深处
的那一些含糊的话
窗外雾气徘徊
江面上有大船向西驶去

在生活了许多年后
我突然感到生命多么孤独
正像此刻的夕照,要奔向
山的那边,寻找另一颗太阳

谁在我的大脑中挖掘

掘呀掘,翻出草根
掘呀掘,跳出蚯蚓
谁在我的大脑中,掘呀掘
那么勤劳,那么专注

掘呀掘,那是一只细手
在我的大脑里挖掘
像一把闪亮的铲子
在雨水中挥舞

我知道你对我又爱又恨
在我的大脑中挖掘那
乌有的财富,你欢快地
掘着,你的汗和天上的雨

一起落在我躯体的深处
那里的黑暗照着你
闪亮的肌肤,你把黑发抛起来
多么像时时洒向半空的泥土

这苦难的生活呵,永不疲倦
在我大脑里掘呀掘,像一个
外表纯静而内心淫荡的少妇
非得把我,逼成一座坟墓

(选自《诗歌月刊》2015年第4期)

扎西才让(三首)

过家家

我们说好了,要过家家,做一回夫妻
当她叫我"嗳",算是喊我
当我说出"嗯",算是应答

我给她耕地,种田,背来粮食和蔬菜
她给我做饭,填炕,在冬天暖好被窝
她要跟我过日子,生下一窝娃娃

当我压在她身上时,她哭了
当我要亲她的脸蛋时,她挣扎起来

我恼怒地扇了她一耳光:"听话!"
旁边的小伙伴们都大笑起来

后来她嫁给了别人,做饭,填炕
生下一窝娃娃

当她的娃娃们想玩过家家游戏时
她逐个扇了他们的耳光

捉迷藏

我捂住我的眼,不看你去了哪里
待你匿身,我将找到你,找到你

你就在西厢房里轻微地喘气
你就在西厢房燥热的草丛里

你凝神闭气,眼珠滴溜溜乱转
你静若兔子,唯恐我找到你

但我还是找到了你,扑倒了你
制服了你,扒掉了你的裤子

咬着你的嘴唇,你哭不出来
抓着你的小屁股,你无能为力

我甚至用欲望的手指破坏了你
天哪!我,我,我毁了你的一辈子

滑冰赛

屁股大的木板上,钉上两根棱形木条
木条上,箍上两根铁丝
人盘腿坐上去,手持两根冰锥,就可以
在冬河的冰面上,玩那滑冰游戏了

我们从高处滑下来,个个都像脱困的野兽
我们竞赛,看谁滑得更快

一路上,我们互相撞击,试图掀翻对方
我们甚至用冰锥扎向对方的大腿

有人翻倒,趴在冰冷的冰面上,哭泣
有人哈哈大笑,裤子已被鲜血浸透
有人跌入冰窟,终于爬出来
浑身湿淋淋的,一会就被北风给冻硬了

站在岸边,我嘴唇发青,牙齿打颤
左手捂着血淋淋的右手
听到母亲在喊,我茫然四顾
远处村庄,就在这血色的黄昏里

(选自《诗选刊》2015 年第 8 期)

张陆(两首)

驶向达尔文

风暴中,达尔文记下一个夜晚
一个我们从来没有经历过的
夜晚。除了痛苦,没有任何东西可以安慰
这狂风的呼啸声,这海涛的咆哮声,
军官们嘶哑的命令声和水手们的呐喊声

没有任何东西可以安慰。我们看见
大海黑色的眼珠。我们共同享有
朝向黎明的痛苦和毁灭
生命在倾斜中保持平衡

夜晚。月亮在海面,照耀达尔文
看上去,海是平静的,而暴风雨
没有打扰,海湾像是一个静止的疑问
"但愿,这不是假象,我们不再因绝望
而痛苦",如十一月的心脏

发红的太阳从浓雾里显出
海的儿女。水手们到甲板上看日出

贝格尔舰将航行在一片开阔海域
没有堤岸，早饭有中国菜和东北风

不可企及的鱼儿

和她分手，不，是被她抛弃的那个晚上
我一个人沿街巷去理发。汗水濡湿了衬衫
路过一个地名，就像昨天来过。没有人认出我

毕竟，作为恋人，我们曾打磨一些虚构的月食
仿佛春天的出游，废弃公园的假山褪去外壳，向云朵敞开
她站在熟悉的地方，捋好衬衣的领子，还有更多坦白

也或许是在夏天，身着热裤的女孩排队买冰淇淋
陌生的街头，我假装镇定，就像什么也没发生过
或许她会再打电话吧。或许她会在假山上看见人群

其实我并不爱她，我和她躺在一起醒着看午夜
一些不可企及的鱼儿，一些不可企及的欢愉
路过一个建筑，没有人知道我口袋里的那只金桔

雾气弥漫的街巷慢慢变得清晰。她捋好衬衣的领子
假山上，我们相爱，只为了忘记。偶尔也缺乏耐心
霓虹灯里走出一位理发师。她邀请我进去坐坐

（选自《肺腑运动》总第 1 期，2015 年）

张执浩(三首)

仿《枕草子》

鸟鸣是春天的好听,尤其是
第二场春雨后
清晨,大多数人还在熟睡
你也在黑暗中
凭声音去猜测鸟的身份很有意思
彩鹬,鹊鸲,乌灰鸫,黄腰柳莺……
水杉高过了屋顶
水杉之上还有其他事物
若是从空中往下看
即便看不清,那些摇摆着的
嫩枝也一定有趣
那些还没有来得及掉落的叶子
哀求着的生命
是很有意味的

废园所见

南瓜藤爬到处暑后就不肯再往前走了
肥厚的叶片上长满了白毛

这朵南瓜花快蔫了
那朵正在兴头上
南瓜举着拳头
誓言今生又白活了
而我又看见了童年时的那一幕
如此真切却不真实
——父亲用竹竿撩起藤蔓搭在树枝上
南瓜后来就变成了灯笼——
如此明亮几近恍惚

生日诗

我用阴历计时，用这一天
来结束这一年
我用衰老来延缓衰老，我用心
体味肉体的善意
这在人世间穿行的皮囊
这囚车，牢狱，刑具
这膝盖，这手腕
我用你们认识的这个人
和我感到陌生的那个人交换
就像每年的这一天
我要用阳历换回阴历
用厌弃的换回亲爱的
亲爱的秋风吹着亲爱的石榴
亲爱的石榴炸裂出亲爱的籽粒
亲爱的灰在飞

（选自《诗潮》2015年第1期）

张作梗(两首)

梧桐秋雨

我偏爱梧桐树上的雨声,
应和人世的寂寥,它把我的脑袋建成一座深山中的
古刹。枯灯黄卷,心坐在肉体的
蒲团上,独自打禅,——
起船的人五点钟拽紧了江水的缆绳。

朝向旷野的窗户关了,又打开。
我偏爱梧桐树上的雨声,它把一个接近爆炸的
圆缩小为一个点。——针尖挑在雨珠上,
一张过期的船票塞进灵魂的门缝。
六点钟,寻找儿子的母亲迷失在无尽的找寻中。
梧桐叶上,一个居住经年的人掌灯
走过秋雨的门廊。——
船坞里的渔火泊向七点钟,合拢江水的经卷。
我偏爱梧桐树上的雨声,极致的单调,
却画出了最具神韵的秋意。——

八点钟,天黑得只剩下窗前的一盏灯。
就着饥饿的记忆,我吃下母亲多年前为我做的,

派　送

我向世界派送我自己，
每天派送一点，有时是陈旧的自我，有时是
新创造的，偶尔，派送完了，而一天未尽，
我就派送那些臆想的、幻觉的，
直到世界不再对我提额外的要求。

我向不同的人派送不同的自己，
向商人派送我的利润、文人派送我的激情、
政府官员派送我内心的大盖帽、
黑道派送我的哥们气……
我分裂、繁殖、聚合、消散……
一千个我也成就不了一个某人即时需要的我。

我向我派送断裂的我、顾头不顾尾的我、
梦游的我、哗变的我、追尾的我……
我派送，然而又是如此心虚、惶恐，
因为最后我都不认得这些
派送给我的我是谁？——

我仿佛活在另外一个生存于别处的我中；
我把我派送出去不过是为了更完好地
保存另外一个我。现在，我以派送打制面具，
用派送开一个面具店——仿佛是
为了最终厘清并找到一张真实的面孔。

(选自《大象诗志》2015 年第 2 辑)

赵旭如(四首)

短 句

不管怎样
我们要相亲相爱
互相容忍
不使用暴力
我们一起,活在这茫茫人世
你要去参加我的追悼会
向我作最后的告别
我也会去你荒凉的墓地
独自哭泣

灯草和尚

坐在灯光下
常常觉得人世就是一个梦

后半夜
铁椅子哐啷
倒在地上

他发现自己是坐在一片
有矮松枝的
坟地里

偈　子

死人躺在山上
活人走在世间
山上
人死后首先变臭，后来慢慢
变得芬芳
如泥土，青草和黑暗的
蚯蚓
春光无限好
照亮我的
旧身体
如临终关怀
这世界布满灰尘简称尘世
令人留恋

我和张三

年轻时
我经常去张三家玩
去张三家要沿着海岸线走很长
一截路
我经常带着我的猫去
我对张三说
瞧
这是我的猫

我和张三的感情越来越亲密
难分彼此
后来
有一次
我带了一头豹子过去
我对张三说
瞧
这是我的豹子

(选自《汉诗》2015年第3期)

周庆荣(六章)

我向往光芒的思想(选章)

一

那么多有用的和无用的文字也没能用尽这个国家的墨水。黑黑的墨汁在纸面上渲染了夜色的沉重,究竟是怎样的一些力量让我独自忐忑?

最亮的星星在前朝已经坠落,在更加久远的人类天空,也有星星象征地闪亮。书页枯黄了光泽的生动,新的种子因为新的田野而开始生长。人们依旧弯腰流汗,他们不牧夜,他们睡在夜里,他们不仰望啊,我的寂寞的星光,它们自己安慰自己。没有沉沦的总是最后的光芒。

二

我有一个闪亮的灵魂,它让我长期以来有勇气讲完黑暗里的故事。情节的开头关乎人的善,也关乎人的恶。没有一个真理能够定义什么是最好的开始。

历史庇护实用的建设,一批人诓骗了光明,思想唱着流浪的歌,它仿佛黑暗中的蚯蚓,不长骨头的蚯蚓成为思想不能顶天立地的理由。

机器在起作用,我想找出它的位置。直到我深切地怀念祖先,祖先愧疚地默默无闻,因为他们没有让我世袭什么。对,那决定性的机器就在一群世袭的人的怀里。

凌迟的工具不是刀子,而是刀刃上沾满的几千年人们血色的语言。这些语言,冷漠、翻脸不认人。

三

利益如化石,利益如煤炭,利益如水晶和钻石,在我的文化里,利益是温润的玉。圆润在外,方便把玩。

田野上洁白的棉花呀,握在手中是可以出汗的石头。草莽的气息没有了,一个铁锤就一串火星的棱角也没有了。

技巧和修行走进了文明的词典,明哲保身和欲擒故纵从学术上的城府走进千家万户。一个朝代和又一个朝代的修订,利益和时间联姻,它是岁月里合法的纳妾。

那时的女人,如果随意地河东狮吼,就是愚蠢地等待被毁约。

四

那些闪烁光芒的,寂寞,准备好寂寞。夜虽长,众人都已经习惯。以安静以忍耐以睡眠来适应。

我想用寂寞去换来孤独的勇气,在生命的纸上,拒绝写下凄凉。此刻的窗外,皂角树枝叶婆娑,每一片树叶都注视着我。我写下的一切必须不能让它们失望,它们的语言是外部世界的声音。

对,在热烈的生活里写下孤独。而热烈的生活,我热爱里面的一切。谁有权利阻止我捧着沾满灰尘的亲人的脸?谁能让我放弃最后的爱人?我用具体的爱忽略深刻的仇恨,我想把它写进人类统一的字典。

尽管独裁者写下的内容全部是关于独裁。至于专制,我的祖先们比我熟悉。

五

弥漫已久的黑暗包括嫉妒和仇恨,它们是米饭中坚硬的沙子。世袭的贪欲与垄断,它们红藻一样地占领伟大而纯净的湖水。

八

我呼唤的思想,有夏日里汗水的气味,有冬天里棉花般的温暖。它既是这些又超越这些,它生长于一切苦难和生命的真实,又始终高高地闪亮在黑暗的广袤中。

它从广泛的人群出发,握优雅的手,握布满厚茧的手。它能够抓住现实,冷静而风趣地讲述未来的故事,祖国的母亲或者祖国的情人,在远方是希望的怀抱是充满慰籍的怀抱。

起作用的思想,隐居是暂时的,叹息是暂时的,它是已经消逝了的去冬的一片雪花,又晶莹成我眼前的一株玉米叶片上的一颗露珠。天远,远不过我的仰望。黑夜可以漫漫,星光却并不含糊。它幽冷,它对着大地吐气如兰。

因为思想的光芒,我不窒息;

我呼唤自由的呼吸,鲜花开满大地呀,思想吐故纳新,顽固和自私被苍蝇一样地拍死。

思想的光芒照亮大地。

(选自《天津诗人》2015年冬之卷)

子川(三首)

端　午

一个人的意识中
世界怎么会变得这么狭小
随手敲开一枚核桃
其间阻隔甚多
我什么也没有去做
只读了一些史书上的陈词旧说
在比例尺还原的地图上
坐飞机或高速列车,四处走走
我去过一些地方
也遇上许多故去的人
在世界狭小这个问题上
他们和我一样无语
略带点悚然
在另外一些时候
我总在想,人死了之后
世界会不会变得宽敞一些
又想,今天是端午节
一个写诗的人能不能活过今天
还不好说

春天的篱笆墙

篱笆墙
把春天分成两块
墙内的红杏,墙外的眼睛

梦中醒来的人
对着窗外发了一小会愣
他在想,要不要把篱笆墙筑得更高一些

再高的墙也挡不住东风
挡不住小草的脚步,越走越多,渐行越远

用篱笆墙隔开春天
总是一种缺憾
可没有了篱笆墙,谁来关红杏

幼　稚

曾经丰满的树
一下子变得清瘦
枯黄叶片,纷纷落地
为清扫它们,清洁工忙了许多天

生命太容易耗损
花开花落
也就是从楼下走到楼上
甚至等不到从楼上再走到楼下

没有太多的奢侈
也没有关键时刻的放弃
时间揿下删除键
让你什么也来不及梳理

许多时候
总不能说服自己
当我自以为对世界有多重要
这个世界刚开始准备好原谅我的幼稚

(选自《鄞州诗刊》2015年第1期)

子梵梅(三首)

身体的秘密

地板上的光斑是干净的
阴影是干净的
树荫挡住强光是必要的
生活最终还是客气的
它端来一碗莲子之心

简单的鸡埘是安逸的
尽管那么多人对活着的技巧
孜孜不倦地探寻
羽毛是丰厚的
毗邻的厄运和幸运彼此交集

我女儿一样的身体
并不屈从于人们对我的灵魂的赞美
肉体只为献给肉体
它的温暖,在另一首诗里
我将和你悄悄探索

萨福她不知道自己
——以此致意你的阅读

她不知道这个消费时代,谁是拯救者
谁是被救者。她从水里出来
本是拿着竹篮来打水——
竹篮才是她的要义。
她从树林里出来,又进去
引领无限而有意,朝着神远去的方向
"有人在吗?"这不是萨福的声音
询问的声音很快被后面的洪流淹没
剩下时代的洪钟。也不是萨福的洪钟
在世界的某处,可能是雪山之巅
也可能是废墟之上。她不知道自己
站在雕像背后,那群山苍茫
唯有一死以匹配。唯有一人以匹配
落魄于暮色之光
起死回生于最后一人的晨读

狐狸说

"我有时能觉察到自己,是世间遗留的尤物。"

1926年12月31日,茨维塔耶娃在巴黎近郊寓所
给刚刚离世的里尔克写下一封他永远收不到的悼亡信:
"亲爱的,我知道,你读我的信早于我给你写信。
——莱纳,我在哭泣,你从我的眼中涌泻而出!"

世间没有梅花,除了深不见底的九湖
它点点纷飞于世外,人们以为它想降临在一首诗里
它比那个俄罗斯女人藏匿更深
它需要的也不是帕斯捷尔纳克短暂的温暖

而是欢天喜地的俗世,哪怕加重头上的霜雪

有一夜,明月下滑过一个优雅的轮廓
仅仅是一条影子,你们不足以追寻其踪
次日清早,有人在草叶间见到了老虎的脚印
秘密的瓶子打开了!

谢天谢地!它就这样来过明月山冈
又离开明月山冈。蔷薇在开放
老虎在下山。世间自此再无尤物
它被抱走了。在枫丹白露的秋天
无人知晓即将展开的大雅大俗,正从眼中涌泻而出。

(选自《诗建设》2015年夏季号)

邹赴晓(两首)

无字书

俘虏眼睛的,是文字
终极书生有限一生的,是语词的山河
意义和目的,是道路,是途径
相向而行,或者纵横交错
或者首尾连接
红尘客栈,日升月落

当飞机的翅膀掠过人间的云层
还有什么属于仰望的秘密没有被言说
当地铁在城市的土层下狂奔
厚德载物,或许是再一次被证明?

文字的版图之外,我看到另一本书的存在
在文字之前,在文字的倒影里
在表达的枝桠突然折断的时刻
在无边的雪花让所有的道路俯首的宣纸上

作为读者,并不是所有的内容都会被你的脚印追踪
作为作者,那无名氏,并不将所有的知觉都一一写出

夜宿黄沙印象

就像来源于童年星空的复制品
三月里的风竟然从古诗中漏出
丝巾一样抚摸着你作为男人的脸
汉中平原,此时此刻,有多少心会为之一颤

八月里,同样突然的,蝉、蝉和蝉
却像举办拉钢锯比赛一样
不可理喻,不知疲倦,不分胜负
将持续到子夜,就为撕破所有睡眠的衣衫

路灯下身边做着减法的的退休工人们
总是相互取笑,不时笑谈生死
具体到骨灰盒的差别,和价钱的猫腻

一江之隔,诸葛亮发明木牛牛马处的石碑旁
来回奔忙的汽车,没有人鸣笛,表达敬意或抱歉

(选自《先锋诗报》2015 年,总第 15 期)